당신은
우는 것 같다

당신은 우는 것 같다

그날의 아버지에게

신용목 안희연
엮고 씀

시요일

신
용
목

아버지를 처음 본 것은
기억나지 않는다

안
희
연   아버지의 스물일곱과 만났다

아버지를 처음 본 것은
기억나지 않는다

박꽃

마종기

그날 밤은 보름달이었다.

건넛집 지붕에는 흰 박꽃이

수없이 펼쳐져 피어 있었다.

한밤의 달빛이 푸른 아우라로

박꽃의 주위를 감싸고 있었다.

—박꽃이 저렇게 아름답구나.

—네.

아버지 방 툇마루에 앉아서 나눈 한마디,

얼마나 또 오래 서로 딴생각을 하며

박꽃을 보고 꽃의 나머지 이야기를 들었을까.

—이제 들어가 자려무나.

—네, 아버지.

문득 돌아본 아버지는 눈물을 닦고 계셨다.

오래 잊었던 그 밤이 왜 갑자기 생각났을까.

내 아이들은 박꽃이 무엇인지 한번 보지도 못하고

하나씩 나이 차서 집을 떠났고

그분의 눈물은 이제야 가슴에 절절이 다가와

떨어져 있는 것이 하나 외롭지 않고

내게는 귀하게만 여겨지네.

오래 잊었던 그 밤이
왜 갑자기 생각났을까

아버지를 처음 본 것은 기억나지 않는다. 쓰고 보니, 아버지를 처음 봤다는 말은 좀 이상한 데가 있다. 그것이 만남에 대한 이야기라면, 더욱 그렇다. 나는 아버지를 언제 처음 만난 것일까? 그것이 내 몸의 소용돌이가 시작된 기원이라면, 내가 까맣게 잊어버린 기억의 어디쯤에 다다라야 하는 것일까? 사실 '처음 본 기억'을 꺼낸 것은 이어서 이런 문장을 쓰기 위해서다. 아버지를 마지막으로 본 것은 2008년 7월 11일 대학병원 중환자실이었다. 그날의 날씨와 창밖의 여름과 분주한 간호사들과 가족들의 모습. 하지만 첫 문장이 다음 문장을 불러 알 수 없는 생각의 문을 열자, 나는 아버지의 마지막을 본 적도 없는 것 같다.

나를 세상에 존재하게 한 사람이면서 동시에 나의 한계를 심어준 사람. 이 가능과 불가능을 집약할 수 있는 대명사는 아버지밖에 없다. 그것이 '신'도 '세상'도 그의 이름을 빌려 쓰는 이유일 것이다. 더없이 고마우면서도 무한히 원망스러운, 그 애증의 골마다 보름달이 뜨고 박꽃이 핀다. 삶과 죽음이 싸우듯, 사랑과 미움이 서로를 찌르고 희망과 절망이 자리를 바꾸듯, 그리고 눈물이 왼뺨과 오른뺨의 길이를 재듯, 우리는 계절의 한 찰나에 핀 꽃을 바라보는 마음으로 서로를 생각한다.

어느 날 깊은 물속에서 갑자기 벗어난 사람처럼 숨을 몰아쉬며 아버지를 생각한다. 그를 좋은 아버지라고 말할 수도 나쁜 아버지라고 말할 수도 없지만, 돌아가시기 한달 전쯤 마지막으로 쓴 편지에 나는 이렇게 고백했다.

"다음 생에도 부자지간으로 태어나고 싶습니다. 그런데 그때는 내가 아버지로 태어나고 싶습니다."

꼭 아버지에게 앙갚음하고픈 무엇이 남아서만은 아니다.

어릴 적 텔레비전이 켜진 안방에서 놀다 까무룩 잠들면 아버지는 나를 둘러업고 마당을 가로질러 아래채로 향하셨다. 슬며시 잠이 깨 희미하게 실눈을 뜨면 아버지 어깨 너머로 쏟아질 듯 별들이 출렁거리는 게 보였다. 차가운 밤바람이 걱정되었는지 아버지는 한손을 내려 나의 맨

발을 꼭 쥐어주셨다. 훗날 나는 두어번 아버지를 업고 병원으로 달려간 적이 있었지만, 그때는 아버지의 맨발을 쥐어줄 생각도 못했고, 했더라도 아버지의 발까지는 내 손이 닿지도 않았을 것이다.

기러기

이면우

저 새들은 어디서 오느냐고 아이가 물었다

세상 저 끝에서 온다고 말해주었다.

저렇게 떼 지어 어디 가는 거냐고 또 물었다

세상 저 끝으로 간다고 말해주었다.

그럼 어디가 세상 끝이냐고, 이번엔 정색하며 올려다본다

잠깐 궁리 끝, 기러기 내려앉는 곳이겠지, 하고 둘러댔다.

호숫가 외딴 오두막 가까이 키보다 높은 갈대들

손 저어 쉬어 가라고 기러기 부르는 곳

저녁 막 먹고 나란히 서서 고개 젖혀 하늘 보며

밭고랑에 오줌발 쏘던 깊은 겨울.

세상 저 끝으로 간다고 말해주었다

무엇이 되고 싶다는 말은 아름답다. 혼자 걸어가야 하는 길이고 혼자 감당해야 하는 일이지만, 세상에는 외롭기 때문에 아름다운 것도 있다. 우리는 모두 그런 류의 아름다움을 가지고 있었다.

흰 나일론 커튼을 양옆으로 묶어놓은 봄 교실에서 선생님은 한 사람 한 사람 이름을 부르며 우리를 일으켜 세웠다. 나는 그때 무엇이 되고 싶다고 말했을까? 대개의 또래들처럼 과학자나 의사였겠지. 간혹 대통령이 되고 싶다는 친구에게는 일동 오오, 하며 감탄도 야유도 아닌 소리를 내지르기도 했다.

한 아이가 마을 이장이 되고 싶다고 했을 때, 우리는 모두 조용했고 선생님은 네 소원이 참 마음에 드는구나, 말했던 것 같다. 우리는 저렇게 소박한 것도 소원이 될 수 있는 것인지, 저렇게 소박한 소원을 왜 칭찬하는 것인지,

잠시 의아해했던 것 같다. 아니 농사일밖에 도무지 할 게 없는 시골의 하루하루를 동시에 떠올렸을지도 모른다. 곤궁했지만 누구도 그것을 드러내고 싶지 않았고 곤궁에서 벗어나기 위해 학교에 다닌다고 여겼으니까. 우리는 소원이라는 위장막 속에 우리의 생활을 꽁꽁 숨겨놓고 있었다.

고요는 오래가지 않았다. 다음 차례였던 내 짝꿍이 일어나 어눌하게 자신은 아버지가 되고 싶다고 말했기 때문이다. 교실은 웃음소리로 떠나갈 듯했다. 책상을 두드리는 아이도 있었고 한심하다는 듯 으이구, 내뱉는 소리도 들렸다. 이번에는 선생님도 짝꿍 편을 들어주지 않았다. 그런 거 말고 직업 같은 것을 말해보라고 되물었으니까 말이다. 모두가 아버지는 그냥 되는 거고 원래 되는 것인 줄만 알았다. 나 역시 예외는 아니었다. 짝꿍을 돕는 착한 아이가 되겠다는 심산으로 의사나 변호사, 선생님 같은 거……하고 귀띔까지 해주었다.

올 초에 누군가 이렇게 물은 적 있다. 이제 마흔다섯이 되셨네요. 올해의 목표는 무엇입니까? 나는 무심하게 대답했다. 마흔여섯살이 되는 겁니다. 상대가 잠시 나를 바라보았지만 다행히 더는 붙들고 묻지 않았다. 열아홉에서

스물이 되는 일, 스물아홉에서 서른이 되는 일, 서른하나
가 되고 둘이 되고 마흔여섯이 되는 일이 원래 되는 것이
거나 그냥 되는 것이 아니라는 것을, 마흔다섯의 나는 비
로소 알게 되었다.

하물며 아버지가 된다는 것은 말할 것도 없을 것이다.

나는 끝내 아버지가 되지 못했다. 그렇지만 가끔 상상
해본다. 어느 날 아이가, 새들은 어디서 오느냐고 묻는다
면 나는 대답할 수 있을까? 슬픈 표정으로 사랑에 대해
묻는다면, 도대체 사는 게 뭐냐고 묻는다면, 나는 대답할
수 있을까?

반장 선거에서 후보에 오르지도 않은 내 이름을 써냈
던 친구. 그래도 내 짝꿍은 지금쯤 아버지가 되어 있으면
좋겠다.

서울, 273 간선버스

신미나

비가 오니까

따뜻한 걸 먹을까

대학병원 회전문을 나선다

당신은 재가 떨어질 때까지

담배를 피우는 버릇이 있다

담배를 다 피우고 나면

담뱃진이 물든 중지에

코를 대고 냄새를 맡곤 했다

내년에 꽃 보러 오자

길바닥에 떨어진 버찌 열매를 밟으며

국수를 먹으러 간다

당신은 우는 것 같다

앞서 가는 뒷목이 붉다

국수를 먹으러 간다

"아빠, 사람의 영혼은 무지갯빛을 가졌대."

하고 말하면,

"그러면 사람들의 몸은 흠뻑 젖었겠구나."

하고 답하는.

이런 류의 다정함이 우리 사이에도 가능했을까? 우리의 안부는 늘 생활에 묶여 있거나 생명에 매달려 있었던 것 같다.

무지개를 띄우기 위해 비가 오지만, 무지개를 바라보라고 멎지는 않는.

더는 무지개가 설 수 없는 저녁이 되어서야 우리는 서로의 손을 더듬어 젖은 안부를 물었던 것 같다.

"아버지 내년 봄에 구례 산동에 산수유꽃 보러 가요."

답이 없어서,

"화엄사 각황전 앞 홍매화는 언제쯤 필까요?"

다시 물으면,

"그만큼 봤으면 됐다."

국수를 먹으러 가서는, 내가 다 먹기도 전에 주섬주섬
일어나 계산부터 하고 물끄러미 막차 지나가는 바깥을 바
라보곤 하셨다.

여름의 발원

안미옥

한여름에 강으로 가

언 강을 기억해내는 일을 매일 하고 있다

강이 얼었더라면, 길이 막혔더라면

만약으로 이루어진 세계 안으로 들어가고 싶어

아주 작은 사람이 더 작은 사람이 된다

구름은 회색이고 소란스러운 마음

너의 얼굴은 구름과 같은 색을 하고 있다

닫힌 입술과 닫힌 눈동자에 갇힌 사람

다 타버린 자리에도 무언가 남아 있는 것이 있다고

쭈그리고 앉아 막대기로 바닥을 뒤적일 때

벗어났다고 생각했다면 벗어나지 못한 것이다

한쪽이 끊어진 그네에 온몸으로 매달려 있어도

네가 네 기도에 갇혀 있다는 것을

아무도 아는 사람이 없었다

벗어났다고 생각했다면
벗어나지 못한 것이다

내가 아직 아버지의 몸속에 있었을 때, 마루에 앉아 먼 산 보기를 좋아하는

아버지의 그 눈빛이었을 때,

어쩌면

내가 아버지가 먹는 상추잎이었을 때, 그 잎에 맺힌 아침이슬 같은 것이었을 때,

혹은 이슬을 털고 가는

바람이었을 때,

그때의 기억이 내 몸 어딘가에 남아 있어서

강에도 상류가 있다는 것을 알고 나무의 고향을 궁금해하며 구름의 얼굴을 볼 수 있게 되었는지도 모르겠다.

사람 속에 사는 더 작은 사람과

사람과 사람을 묶기 위해 몸속에 친친 감아놓은 마음이 있다는 것을 알게 되었는지도 모르겠다.

그래서

이별이라는 도마 위에 다짐의 칼날을 아무리 내리쳐도 끊을 수 없는 그리움이 있다는 것을 배우게 되었는지도 모르겠다.

그래서 오늘은 생각한다.

아버지는 아버지라는 말 속에 아버지의 소년을 가둬놓았고
아버지의 연애를 가둬놓았고,
날개를 갖지 못한 새와 노래하는 돌멩이와 잔디 위를 구르던 여름 동산의 몸으로 서둘러 맞이했던 겨울,
그 추위를 가둬놓았다.

아버지, 아버지 부를 때마다 아버지가 아버지 속에 갇히고 있다는 것을

나는 알지 못했다.

닫힌 입술과 닫힌 눈동자에

갇힌 사람.

다 타버린 자리에도 무언가 남아 있을 것 같아 쪼그려

앉아 막대기로 바닥을 뒤적이는 순간에도

나는 알지 못했다.

아버지 속에 나의 미래도 함께 갇혀 있다는 사실을,

아무도 알려주지 않았다.

아버지의 손바닥

이안

손바닥으로 아들놈 등 쓸어주는데

손톱을 세우란다

손바닥이 얼마나 시원한데

손톱은 금세 더 가려워진단다

해도 대구 보채쌓는다

마지못해 손톱을 세워 살살 긁으면

나 어릴 적 썩썩 등 쓸어주시던

아버지 손바닥 생각

한가득 보풀이 일어

한번 움직일 때마다

밭고랑 억센 바랭이들 순하게 눕고

벼논의 모들은 귀 총총 세우고

푸르게 일어섰지

아버지 손바닥 따라

나는 참 순순히 잠이 들었다

손톱을 세워 아들놈 등 긁어주며

자랄 새 없이 닳아져서

당최 내세울 바 없던

아버지 무딘 손톱과

잠결에도 내 등 마당에

댑싸리 빗자루처럼 쓸리던

손바닥 소리를 듣는다

나는 참 순순히 잠이 들었다

자주 등이 가려웠다. 윗옷을 걷어올리고 가족들 앞에 가 앉으면, 형은 발바닥으로 밀어냈고 어머니는 찰싹, 소리가 나게 등을 때렸다. 형은 내가 안 씻어서 등이 가려운 거라고 타박했고, 어머니는 어릴 적 찾아온 홍역을 잘 대접하지 못해서 그런다고 말씀하셨다. 아버지만 군말 없이 슥슥 등을 긁어주셨다. 손바닥으로 문질러줬다고 하는 편이 맞을 것이다. 농사일에 까끌까끌 거칠어진 탓에 그것만으로도 충분히 시원했다. 그러니 내 등은 늘 아버지 몫이었다. 아버지는 "등판 보니 이제 모내기해도 되겠다"라고 농담을 했다. 한번은 여행 후에 내 선물로 효자손을 사 오신 적도 있다.

아버지는 고지식한 면이 있었다. 끼니 치르는 게 귀찮아 짜장면을 시켜 먹어도 극구 설거지를 한 뒤에 빈 그릇을 내놔야 했고, 행여 밥을 남기면 밥을 퍼 담았을 때처럼 남은 밥을 둥그렇게 모아 물렸다. 그 성격을 다 감당해내는 건 가족들이었다.

암세포가 뼈로 전이되면 가만히 누워만 있어도 뼈가 부러진다. 접합수술을 견뎌내실 수 있을지 판단할 수 없어 수술을 미루고 진통제로 며칠을 보냈다. 뼈를 다쳐본 사람은 조금만 움직여도 비틀어 으깨는 듯한 통증이 온다는 것을 안다. 그 지경이면 나나 어머니에게 받게 해도 괜찮을 텐데, 부러진 다리를 하고도 아버지는 꼭 화장실에 가서 볼일을 봤다. 뒤처리가 깔끔할 리 없었고 또 그런 자신이 못마땅해 잔뜩 짜증을 부리며 하루에도 몇번씩 환자복을 갈아입었다.

한번은 옷을 갈아입다 말고 좀 쉬어야겠다고 하셨다. 뒤로 돌려 넘긴 윗옷에 나머지 팔을 꺾어 넣기도 힘든지 소매에 한쪽 팔만 꿰어 옷을 어깨에 반쯤 걸친 채 창밖을 내다봤다. 어둑발이 내리면서 서서히 풍경이 지워지는 유리창으로 아버지 얼굴이 선명해지고 있었다. 창문 너머에서 풍경과 아버지가 서로 자리를 바꾸고 있었다. 나는 하던 버릇대로 아버지 앞에 돌아앉아 윗옷을 걷어올렸다.

"아버지, 오른쪽 위요."

아버지는 희미하게 웃으며 내 윗옷 속으로 손을 넣었다. 가래 끓는 목소리로 겨우 "여개?" 하며 등을 문질렀다. 밤으로 향하는 유리창에 나란히 담겨 있는 부자의 모습을 보며 나는 속으로 계속 되뇌었다. '이 순간을 잊지 말아야지, 이 순간을 잊지 말아야지……'

물고기 그림자
—아버지에 대해

김중일

노력해도 못 잊을 날개는

녹슨 물의 금고에 맡겨두고

지구상의 가장 높은 바닷속을 나는 물고기를

알아 그리고 대기의 파도 위에 그려진 그는

푸른 새벽처럼 일렁이는 물고기 그림자를

좇는 육십대 망명가 그를

알아 그가 평생을 좇은 지구상의 가장 깊은

하늘 속을 헤엄치는 새를

알아 노동의 기억으로 채워진 부레는

녹슨 허공의 금고에 저당 잡히고

그날은 그물처럼 질긴 저녁이 내리다

저녁은 전생에 물고기였던 그의 목숨을

귀신처럼 알아채고 걸어가다

전국적으로 무국적의 저녁이

나지막이 울리는 비가

내 정수리에 일렁이는 물고기 그림자

한가운데로 깊숙이 드리우다

날개는 녹슨 물의 금고에 맡겨두고

형, 누나, 형, 형, 나.

이런 가족계획은 순전히 5대 독자이신 할아버지의 성화 때문이라고 했다. 그건 그렇다치고, 내가 궁금한 것은 위로는 모두 두살 터울인데, 유독 나와 셋째 형만 네살 터울인 이유였다. 불과 몇년 전까지 나는 아버지가 뒤늦게 군대에 다녀온 까닭이라고 알고 있었다. 부산의 한 공장에서 노동자로 일하던 아버지는 기계에 깔려 큰 수술을 받았고, 때문에 입대가 무한 연기되었다. 정말 아버지 몸에는 큰 수술 자국이 두개나 있었고 오랜 병원 생활에서 보고 들은 끔찍한 이야기들을 가끔 풀어놓곤 하셨다.

오랫동안 입대가 연기되는 사이 아버지는 슬하에 넷을 둔 가장이 되었다. 어느새 나이는 서른이었고 당연히 면제를 받아 귀가할 줄 알고 소집에 임했지만 어쩌된 영문인지 그 자리에서 곧장 입대할 수밖에 없었다. 당일에 돌아오리라 여긴 가족들의 기다림도 문제였지만, 줄줄이 딸린 어린 자식들과 아내가 생계를 어찌 꾸려갈지도 걱정이었다. 통신이 발달하지 않은 때였고 국방부가 친절하게 가족에게 결과를 통보해주는 시절도 아니었다. 며칠 뒤 가족들이 받아든 것은, 아버지가 입고 간 옷이었다.

지금도 그렇지만 군복을 받으면 사복은 포장해서 집으로 돌려보냈다. 아버지는 하얀 속옷에다 숯검정으로 부득이 입대하게 되었으니 아이들 잘 돌보고 있으라고 썼다. 어머니에겐 청천벽력 같은 일이었겠지만 그게 나와 셋째 형이 네살 터울인 이유는 아니었다. 정작 내가 생겨난 것은 아버지가 휴가를 나온 때였으니, 굳이 네살이나 터울 질 일이 아니었다.

요즘 들어 어머니는 부쩍 혼잣말이 느셨다. 내가 옆에 누웠을 때도 혼잣말처럼 옛날이야기를 중얼거리셨다. 나는 한참 뒤에야 그게 셋째 형과 나 사이의, 그러니까 지금은 세상에 없는 누나에 관한 이야기라는 것을 깨달았다.

배가 제법 불러온 어느 날, 복통과 함께 하혈이 있었다. 서둘러 병원에 갔으나 유산되고 말았다. 돈 걱정에 서둘러 퇴원하려 했지만 퇴원도 정산을 해야 가능한 일이라 돈을 구할 때까지 어머니는 며칠 더 입원할 수밖에 없었다. 아버지는 마지막 수단으로 아랫동네 친구 이름을 대며 길을 나섰다.

늦은 시각에 돌아온 아버지는 빈손이었다.

유산한 것도 아픈 것도 힘들었지만 집에도 갈 수 없다는 사실에 어머니는 창피한 것도 잊은 채 병원 복도에 주저앉아 펑펑 울었다고 했다. 이 방 저 방 사람들이 몰려나와 말렸지만 보채는 아이처럼 바닥에서 일어나지 않았다고 했다. 아버지의 변명을 듣자 모든 서러움이 한꺼번에 몰아쳤던 것이다.

아버지가 어둑한 길을 걸어 친구네 집 앞에 도착했을 때 그 집 식구들은 마침 마루에 앉아 저녁을 먹고 있었다. 처마에 둥근 백열등을 매달고 그 아래 다시 둥근 밥상을 펴고 둥글게 모여 앉은 식구들이 평온하게 숟가락질을 하고 있었다. 어둠에 몸을 숨긴 채 아버지는 그 풍경을 한참 동안 바라보았다. 너무 행복하고 좋아 보였다. 그리고 발길을 돌려 그냥 돌아왔다고 했다. 그게 다였다.

아빠의 내간체
—실연의 힘

박형권

가로등이 앞으로 굽은 것을 보면

가로등 앞에 얼굴을 기댈 누군가가 있었을 거야

그 누군가는 표정이 깊고 눈썹이 조금 처졌으며,

달뜬 손으로 가로등의 등을 감쌌을 거야

눈비 오거나

가로등이 흑흑 울 때

그는 조용히 가로등을 달래고

'방 한 칸도 없지만 이대로도 좋아' 하며

단단한 어깨에 가로등의 얼굴을 당겨 안았을 거야

가로등의 허리를 안고

가로등의 고독을 쓰다듬으며

좀처럼 켜지지 않는 가로등의 몸을 켰을 거야

가로등이 고개를 추켜세워 하늘을 비추지 않고

낮은 생태계를 밝히는 걸 보면

가로등의 그가 가로등보다 키가 조금 작았을 거야

가로등만 있고 가로등의 그가 보이지 않는 것은

그가 없다고 믿는 우리가 그를 지웠기 때문이야

그는 쓰러지며 가로등에게

기다릴 것 없다고 말했을 거야

그 말을 가로등이 믿지 않더라도

다른 가로등을 찾아간다고도 말했을 거야

아빠도 엄마 만나기 전에 실연 한번 당했어

나보다 키가 작은 그녀의 입술에 닿기 위하여 고개를
숙여야 했지

그때 불현듯

민들레와 달팽이들이 가꿔놓은

발아래 세상이 보이기 시작했어 누가 그러더라

사랑해본 사람만이 사랑할 줄 안다고

살다 보면 사랑이 멀어질 때도 있는 거야 넌 흔들리지
말고 낮은 곳을 바라보아라

보아주는 것만으로도 그들은 행복할 거야

넌 꼭 그래라

아빠도 엄마 만나기 전에
실연 한번 당했어

베를린에 잠깐 머물 때 페르가몬 박물관을 둘러보았다. 지금의 터키에 위치한 페르가몬은 기원전 7세기부터 예술과 의학, 문화의 중심지였다. 우리가 잘 아는 히포크라테스를 배출한 아스클레피온이 있었으며 헬레니즘 문화의 시발점이 된 곳이기도 하다. 뜯을 수 있는 유적은 다 옮겨 왔다는 말마따나 고대의 바빌론이 21세기 베를린에 와 있다는 것이 무섭기도 했지만, 제우스 대제단과 밀레투스 시장 문은 경이로웠고 이슈타르 문을 가득 메운 푸른빛은 신비로웠다. 미지의 바다 깊숙한 곳에 빠져 가늠할 수 없는 시간을 헤엄치는 느낌이었다.

그렇지만 나를 가장 오래 머물게 한 것은 박물관 외진 한편에 놓여 있는 빗살무늬토기였다. 할로겐 등이 비추고 있는 토기는 석기시대 것이라고는 믿기지 않을 만큼 잘 보존되어 있어서 가지런한 빗살의 홈까지 또렷했다. 아름답게 휘어지는 빗살을 따라가다가 나는 삐끗, 어긋난 부분을 발견했다. 동그라미를 그리던 아이가 손목을 부드럽게 돌리지 못해 연필을 고쳐 잡을 때 생기는 흔적 같은 것 말이다. 그 '삑사리' 때문에 동그라미는 동그라미 바깥의 이야기와 만나고, 빗살무늬는 빗살무늬 바깥의 시간과 만난다. 말하자면 그런 류의 어긋남은 일종의 배꼽 같은 것이어서, 그 배꼽을 통해 나는 몇천년 전 토기에 빗살을 긋던 사람을 떠올려보는 것이다.

그도 누군가를 사랑했을 것이다. 어느 날 떠나간 연인 때문에 잠을 설치고 그만 집중력을 잃었겠지. 세상 모든 이유들이 휘발되어버린 순간에도 살아내야 할 하루가 있고 채워나가야 할 일상이 있어서 그는 진흙 반죽을 앞에 놓고 있었을 것이다. 몇천년 전, 그러니까 몇줄의 기록과 귀 나간 유물로만 남은 시대에도 뜨거운 삶이 있어서, 사랑을 하고 이별을 겪고 슬픔의 나날을 보내는 누군가가 있었을 것이다. 그에게 소용없는 꾸지람을 늘어놓는 누군가도 있었겠지. 그도 내심은 망친 작업보다 슬픔의 하얀 독이 번져 있는 얼굴을 더 걱정했을 것이다. 만약, 그가 그의 아버지였다면? 자식의 실연을 눈치채고도 아는 척 참

견할 수 없는 서툰 아버지가 몇천년 전부터 있어서, 자식 대신 아파할 수 없는 시간을 꾸지람으로 다스리는 마음을, 나는 또 떠올려보는 것이다.

스물몇살 무렵, 나는 방에 틀어박힌 채 이불을 감고 겨울과 봄을 보냈다. 진절머리가 난다며 아버지가 쾅쾅, 방문에 못질을 해도 나는 괘념치 않았다. 당시 나에게 그런 일 따위는 전혀 중요하지 않았으니까. 나는 세상의 배꼽인 양 방 안 깊숙이 파묻혀 있었다. 어느 날, 아버지가 방문을 확 열어젖혔을 때 봄 햇살이 쏘아올린 수천개의 화살이 방바닥에 내리꽂혔다. 그 위로 화살 맞은 짐승처럼 두툼한 소포 꾸러미가 툭, 던져졌다. 내가 쓴 편지들. 고스란히 되돌아온 지난 시간을 한장씩 꺼내보며 나는 실없는 사람처럼 계속 웃었던 것 같다. 그리고 벌떡 일어나 부엌으로 갔고 가족들과 함께 밥을 먹었다. 웬일인지 아버지는 아무 말씀도 하지 않았다. 그날만큼은 어떤 꾸지람도 없었다.

구태여 가로등을 붙들고 고백하지 않더라도, 세상의 모든 아버지들은 알고 있을 것이다. 바빌론이 베를린으로 옮겨 가듯, 고대의 달빛이 현대의 할로겐 아래 부려지듯, 자신이 놓쳐버린 사랑을 자식이 또 놓치고, 자신이 앓았던 순간을 자식이 또 앓고 있다는 것을 말이다. 밥이라도 처먹고 누워 있으라고 다그치는 것으로 자신의 시간과 자식의 시간을 함께 달래며, 모든 아버지는 순간순간 자식으로 다시 태어나는지도 모른다.

복수에 빠진 아버지

신철규

백중물이 주룩주룩 내리고 있었다
남부터미널에 내리자마자 그는 연거푸 담배를 피웠다
나도 모르는 사이에 복수가 들어찼다 심장 아래께
젓가락만 한 주삿바늘이 박혔다

그는 분주한 사람들 틈바구니에서 계속 뒤처졌다
내 옷깃을 몇 번이나 잡으려다가 그만두었다
왼쪽 옆구리에 찬 복수가 출렁거렸다

내 키가 지금의 절반이었을 때, 그와 나란히 오줌 눈 적
있다
내 눈앞에 그의 거시기가 있었고 그 끝에서 오줌 줄기
가 시원하게 뻗어나갔다
영대병원 중환자실에 누워 있던 그의 몸을 수건으로
닦다가
볼품없이 쪼그라든 그것을 다시 보았다

나는 고개를 돌리고

하늘색 모포로 그의 아랫도리를 덮었다

검은 지하철 유리창에 하얀 내 얼굴이

걸려 있다 그의 머리는 한 뼘 정도 내 아래에 있고

나는 그가 살아온 생의 절반을 가로지르고 있었다

할아버지는 초등학교 6학년 여름방학이 끝나도

그를 학교에 보내지 않았다 그는

백중물을 보며 하루 종일 울었다고 한다

농약줄이 엉킨 것처럼 복잡한 지하철 노선도를

그는 물끄러미 바라본다

이마에 돋아난 푸른 링거줄

내 몸이 천천히 왼쪽으로 기운다

우리는 환승역을 놓치고 지하철은 어둠속을 파고든다

엑스레이 필름처럼 검은 유리창 속에

그와 내가 흔들리고 있다

엑스레이 필름처럼 검은 유리창 속에

항암치료를 위해 아버지는 정기적으로 입원하셨다. 다행히 내가 사는 곳에서 두 블록 거리에 전문병원이 있었다. 문제는 거창에서 일산까지 불편한 교통편이었다. 시외버스로 김천까지 와 다시 기차로 갈아타야 했다. 집에서 거창터미널까지도 그랬지만 애매하기는 김천터미널에서 김천역까지도 마찬가지였다. 버스를 타기에도 걷기에도 어중간한 거리였는데 계단과 계단으로 이어진 고가가 많아 건강한 사람들에게도 만만찮았다. 평생 아끼며 살아온 당신들이 택시를 탈 리 만무했다.

서울역처럼, 사람이 많은 곳에서 누군가를 기다리다 보면 사람들은 모두 비슷하고 또 비슷하게 살아가는 것 같다. 키 작은 사람을 기다리면 키 작은 사람들이 많고, 모자 쓴 사람을 기다리면 모자 쓴 사람들이 많다. 병원에 가면 세상은 아픈 사람들로 가득 차 있는 것 같고, 밤의 고

속도를 달리다 보면 모든 사람들이 사랑을 잃고 차를 모는 듯한 느낌이 든다. 결국 세상엔 사람과 사람의 일들로 가득 차 있었고 그것은 어김없이 쓸쓸한 풍경으로 다가왔다. 맞이방 앞에서 한참을 두리번거리다 보면 체중이 줄어 눈과 볼이 쏙 들어간 촌로가 늙은 아내와 함께 천천히 걸어나왔다.

누구나 그럴 것이다. 마음의 둑이 무너져 겨우 다스려 온 눈물이 쏟아지는 때는 그저 쇠약해져가는 부모의 모습을 마주했을 때가 아니다.

그날 아버지는 제법 묵직한 등짐 가방을 메고 있었다. 자세 안 나온다며 좀처럼 등짐 가방을 메지 않는 분이었다. 이게 뭐냐고 물었지만 숨이 찬 당신은 "뭐긴 뭐냐"라며 길만 재촉했다. 편치도 않은 길을 편치 않은 몸으로 오면서 무얼 이렇게 무겁게 메고 다닐까. 유전자 검사 없이도 내가 아버지 친자임을 확인할 수 있는 부분이 있다면, 걱정하고 위하는 마음을 성내는 것으로밖에 표현할 줄 모른다는 것. 멀찌감치 뒤따르는 어머니에게 짜증 섞인 말투로 다시 물었다. 어머니는 세상 귀찮다는 듯 짧고 무심하게 "쌀"이라고 했다. '내가 쌀도 못 팔아먹고 사는 줄 아느냐'

라며 성질을 부리고 싶었지만, 뭘 잘못 삼킨 듯 목이 맺혀

한 마디도 할 수 없었다.

그의 사진

나희덕

그가 쏟아놓고 간 물이

마르기 위해서는 얼마간 시간이 필요하다

사진 속의 눈동자는

변함없이 웃고 있지만 실은

남아 있는 물기를 거두어들이는 중이다

물기를 빨아들이는 그림자처럼

그의 사진은 그보다 집을 잘 지킨다

사진의 배웅을 받으며 나갔다

사진을 보며 거실을 들어서는 날들,

그 고요 속에서

겨울 열매처럼 뒤늦게 익어가는 것도 있으니

평화는 그의 사진과 함께 늙어간다

모든 파열음을 흡수한 사각의 진공 속에서

그는 아직 살고 있는가

마른 잠자리처럼 액자 속에 채집된

어느 여름날의 바닷가, 그러나

파도소리 같은 건 더이상 들리지 않는다

사진 속의 눈동자는

물기를 머금은 듯 웃고 있지만

액자 위에는 어느새 먼지가 쌓이기 시작한다

볕이 환하게 드는 아침에는 미움도

연민도 아닌 손으로 사진을 닦기도 한다

먼지가 덮으려는 게 무엇인지 알 수 없지만

걸레가 닦으려는 게 무엇인지 알 수 없지만

그의 사진은 그보다 집을 잘 지킨다

아버지는 날마다 일기를 쓰셨다. 늦은 밤과 이른 새벽, 라디오를 켜놓고 뭔가를 끼적였다. 궁서체로 시원하게 써내린 아버지의 일기장을 훔쳐본 적 있는데, 사소하게는 가사나 일과를 적은 것부터 그날 만난 사람들의 인상기까지 빼곡했다. 궁금증에 몇장을 넘기다가 '내 병은 내가 안다'라는 구절에 이르러 더는 따라 읽지 못하고 덮었다. 아버지가 돌아가신 후 뒤늦게 그의 속마음이 궁금해 온 집 안을 다 뒤졌다. 그러나 몇권이나 되던 일기장은 한권도 보이지 않았다. 급작스럽다면 급작스러운 죽음이었지만 당신은 이미 많은 것들을 정리해두었던 것이다.

조상의 사진을 올려다보는 기분은 묘했다. 증조부와 증조모 그리고 할아버지와 할머니. 할머니는 살아 계셨지만 미리 찍어둔 영정사진을 고인의 사진 옆에 나란히 걸어놓았다. 말하자면, 한번도 본 적 없는 분과 내 옆에 앉아 있는 분이 같은 급으로 가계의 역사를 장식하고 있었다. 물론 어린 나는 그 사진 속에서 물기를 보지도 파도소리를 듣지도 못했다. 다만 할머니 무릎을 베고 누운 채 그 사진들을 오래 처다보고 있으면, 까닭 모르게 마음이 아려 할머니 속곳에 얼굴을 파묻곤 했다. 한 가계가 지닌 어쩔 수 없는 슬픔 때문이었는지, 그 사진 어디쯤에서 내 얼굴을 보아서였는지, 그도 아니면 여전히 앓고 있는 내 전생의 신열이 전해진 탓인지도 몰랐다. 할머니가 돌아가신 후 그 사진들은 내려졌다. 그러니 조상들이 집을 지키는 일도 더는 없는 것이다. 가족사진이 그 자리를 차지하게 되었는데, 굳이 따지자면 '죽음이 만든 심연'을 대신해 '행복을 향한 의지'가 가신 역할을 담당하고 있는 셈이다.

나는 젊은 시절 아버지의 증명사진 한장을 가지고 다닌다. 누가 봐도 인물 좋다고 할 만한 사진이지만, 증명사진이 으레 그렇듯 사진 속 아버지는 웃지 않는다. 모두 잠든 새벽이나 늦은 밤, 일기를 써내려가는 아버지 얼굴이 사진 속 표정처럼 꼭 그러했으리라고 생각한다. 지금은 사라져버린 그 많은 이야기들을 그 사진은 꼭 다문 입술로 여전히 말하고 있는 것이다. 그러고 보면 사진 속의 얼굴은 순간의 진실만을 보여주는 게 아니다. 나는 엄지손톱보다 조금 더 큰 아버지의 증명사진 속에서 아버지의 일기장을 한장 한장 넘긴다. 평생을 따라 읽어도 끝나지 않는 이야기를 말이다.

저녁

임승유

하루 종일 어디 갔다가 아버지
한꺼번에 아버지가 되려 하는 아버지

마당은 이제 막 시작될 것이다

붉은 카펫을 펼치면 달리기 직전의 사슴과 사슴 우린
서로의 다리밑으로 숨어 연약한 짐승을 완성했다 뒤에서
쫓아오면 숨넘어갈 때까지 달려보는 것 호흡은 들켜도 눈
동자는 들키지 말자는 다짐으로

낮이라는 건 뭔가요 그 따뜻함, 그 부드러움, 뭔가가 자
꾸 부족한가요 그 매혹, 그 열정, 타들어가는 담뱃불 타들
어가는 입술 타들어가는 상냥함 원한다면 다 해주나요

숨넘어가는 태양
뒷걸음치는 아버지

낮에는 만들고 낮에는 옆에서 뾰족하고 둥근 것들을 갖고 놀다가

골목을 끌고 들어오시는 아버지 지구라는 말을 허공에 띄워본 적 없지만 해 넘어간다는 말은 저절로 알게 된다 이제 부풀 대로 부푼 구름이에요 마개를 따세요 넘칠 일만 남았어요 부끄러워 마요 해볼 건 다 해보는 거예요. 흩어진 숨결 흩어진 머리카락 흩어진 별들 날카로운 그 이마에 입 맞추고 산산조각 나는 일 우린 이미 많이 해봤잖아요

만져줘요 한번 더 태양
이런 말은 늦었지만 뺨은 얼얼해요

내일은 처음부터 다시 시작하는 거 맞죠

한꺼번에 아버지가 되려 하는 아버지

그날 저녁 우리는 송계사에 올랐습니다. 남덕유산 한
자락을 옆으로 길게 당겨와 그 끝을 베고 살포시 누운 아
담한 사찰이었지요. 가지 끝에 새순이 조금씩 비치는 때
라고는 하지만 큰 산 기슭에는 아직 눈이 남아 있어서 골
을 타 넘을 때마다 서걱서걱 얼어붙은 눈밭이 발자국을
아프게 받아주는 날이었습니다. 세밑의 바람이 얼굴을 바
꾸느라 걸음마다 새로운 산이 시작되는 풍경이었습니다.
어떤 연유로 우리가 그곳에 가게 되었는지는 기억나지 않
습니다. 무심히 아버지가 바람이나 쐬고 올까 중얼거렸을
테고, 내가 가까운 절간의 이름들을 댔을지도 모르지요.
어둑한 산길을 걷기에 우리는 살가운 부자지간이 아니었
습니다. 말없이…… 덕분에 봄 나무를 건너뛰는 산새들의
날갯짓 소리를 들었고, 얼음을 스치며 흐르는 물빛을 만
났습니다. 그리고 산 그림자가 서서히 우리를 구멍 난 보
자기에 싸서는 어둠속으로 옮겨놓는 것을, 우리는 산 깊

이 숨은 사슴처럼 모른 체하며 불당의 섬돌에 나란히 앉았었지요. 아버지 나지막이, "해 넘어갔네." 너무 작은 목소리여서, 차라리 입술까지 번져나온 생각 같았습니다. 그제야 멀찍이 서산에 던져놓은 내 시선에도 휘이휘이 떠 있는 구름들이 펼쳐든 붉은 손바닥이 잡혔습니다. 처음은 아니었을 겁니다. 그러나 그날 내가 잡은 아버지 손이 내가 만져본 첫 풍경 소리였습니다.

이상한 방문자

강성은

　누군가 문을 두드렸다 우리집을 방문한 것은 처음 있
는 일이었다 우리는 문을 열고 반갑게 그를 맞았다 텔레
비전에서 본 대로 과일과 차를 내오고 함께 의자에 앉았
다 그는 말이 없는 사람이었다 우리는 날씨에 대해 이야
기하고 언젠가 본 영화에 대해 웃으며 이야기했다 그가
우리집에 온 이유를 물었지만 그는 말이 없었다 그에게
말 못할 사정이 있는 것 같았다 우리는 그에게 방문해주
어 고맙다고 말했다 우리는 그를 위해 푸짐한 저녁을 차
렸다 식탁 앞에서 그는 잠시 망설이는 눈치였으나 여전히
아무 말 없이 숟가락을 들었다 저녁을 먹고 둘러앉은 우
리는 밤이 깊도록 수다를 떨었다 그는 여전히 아무 말이
없었다 그에게 말 못할 사정이 있는 것 같았다 자정이 되
자 우리는 우리의 방으로 들어갔다 그가 아직도 거기 앉
아 있는 것 같아 불안했지만 이내 잠들었다 다음 날도 그
다음 날도 그는 돌아가지 않았고 그는 곧 우리가 되었다

그에게 무슨 사정이 있는 것만 같았다

그에게 무슨 사정이 있는 것만 같았다

일년이 지날 무렵까지 아버지는 꿈에 오셨다. 번번이 어떤 얼굴을 하고 어떤 말씀을 했는지 또렷이 남은 것은 없다. 하지만 꿈에서 아프시면 꿈에서도 아프셔서, 꿈에서 건강하시면 꿈에서는 건강하셔서, 일어나 울곤 했다. 나는 신철규 시인에게 "아버지가 자꾸 꿈에 오셔" 하고 말했다. 우리는 사흘이 멀다 하고 술잔을 사이에 두고 마주 앉는 사이였다. 철규는 자상했다. "형, 프로이트에 따르면, 아무리 효심이 지극한 자식이라도 무의식에서는 병든 부모가 빨리 죽기를 바라는데, 그 죄책감 때문에 아버지가 자꾸 꿈에 나타나는 거래요." 그래, 철규는 자상했을 뿐이다. 언젠가 어머니 병수발을 오래 한 소설가 선배는 '긴 병에 효자 없다'라는 말이 가장 듣기 싫다고 했지만, 나도 알지 못하는 사이에 내가 품고 있었다는 그 마음이 두렵고 끔찍해 아무 말도 하지 못했다.

꿈을 꾸고 한밤중에 깨어서는 우두커니 앉아 있는 날이 계속되었다. 장례식이 원래 절차가 복잡하고 조문객을 받아야 하며 자질구레 신경 쓸 일이 많다지만 정작 상중에는 이렇게 꺽꺽대며 울지 않았다. 하루하루 지붕 없는 집에서 사는 기분이었고 어떤 아침엔 차가운 물속에 잠겨 있다 빠져나온 것처럼 서러웠다. 그즈음 이현승 시인 부친상 소식을 전해 들었다. 나는 문상길과 반대편인 경남 거창으로 차를 몰았다. 아버지를 만나야 할 것 같았다. 따질 건 따지고 풀 건 풀고 싶은 심정이랄까. 다행히 따로 약속을 잡을 필요는 없었다. 산소 앞에 도착하자 폭우가 쏟아졌다. 미리 챙겨둔 우산은 없었지만 덕분에 창피함을 잊고 소리 내 울 수 있었다. 비는 전남 광양으로 달리는 중 서서히 그쳤다.

그 뒤로 아버지는 꿈에 오지 않으셨다. 신철규 시인 말대로라면 아니 프로이트에 따르면, 나는 스스로의 죄를 사하여 주었는지 모르겠다. 혹, 타인을 슬프게 하는 언행을 용납치 못하는 인정 많은 분들이 계실까봐 보태건대, 그날 철규는 당연히 그보다 더 길고 따듯한 이야기로 나를 늦도록 위로해주었다. 그는 지나치게 자상하다면 자상한 것이다.

아배 생각

안상학

뻔질나게 돌아다니며

외박을 밥 먹듯 하던 젊은 날

어쩌다 집에 가면

씻어도 씻어도 가시지 않는 아배 발 고랑내 나는 밥상

머리에 앉아

저녁을 먹는 중에도 아배는 아무렇지 않다는 듯

—니, 오늘 외박하냐?

—아뇨, 올은 집에서 잘 건데요.

—그케, 니가 집에서 자는 게 외박 아이라?

집을 자주 비우던 내가

어느 노을 좋은 저녁에 또 집을 나서자

퇴근길에 마주친 아배는

자전거를 한 발로 받쳐 선 채 짐짓 아무렇지도 않다는

듯

—야야, 어디 가노?

—예…… 바람 좀 쐬려고요.

—왜, 집에는 바람이 안 불다?

그런 아배도 오래전에 집을 나서 저기 가신 뒤로는 감
감무소식이다.

어느 노을 좋은 저녁에 또 집을 나서자

아버지는 내가 친구들과 어울려 다니는 것을 늘 못마 땅해하셨다. 고등학교 들면서 성적이 수직낙하한 것도 모 두 친구를 좋아한 탓이라 여겼다. 좀 남다른 점이 있다면, 원래 자기 자식은 괜찮은데 친구를 잘못 사귀어서 그렇게 되었다고 믿는 것이 보통인데, 어찌된 일인지 우리 아버지 생각은 반대였다.

거창에 본을 둔 성씨로 평생을 거창에서 사셨으니 아 버지 친구들이 주변에 쫙 깔려 있었고 그중에는 나랑 절 친한 훈범의 아버지도 있었다. 어느 날 내가 당신 친구의 자식과 절친이라는 것을 안 아버지는 일부러 나를 불렀 다. "너 월천 사는 익성이 아들하고 친하다 캤나? 괜히 남 의 자식까지 베리지 말고 가마이 놔둬라이!"

어렸을 적 다리 밑에서 주워 왔다는 농담이 가끔은 사

실이 아닐까 의심되는 때가 있다. 나중엔 이런 일도 있었다. 할머니가 돌아가시고 아버지는 자식들에게 전화를 넣었다. 형들이 속속 다 도착한 뒤 누군가 아버지에게 막내는 언제 오는지 물었다. "거도 하나 있었나?" 아버지의 대꾸였다. 그만 나를 빼먹었던 것이다.

그렇지만 나에게도 자랑할 만한 애틋한 이야기가 하나 있다. 다른 가족 누구도 받아보지 못한, 그 귀하디귀하다는 아버지의 편지를 받은 적이 있는 것이다.

앞서도 말했지만 아버지의 궁서체는 당시까지 내가 본 글씨 중에서 최고의 명필이었다. 새 학기가 시작되면 아버지는 지난해 달력을 오려 교과서 표지를 하나하나 싸주신 다음 그 위에 반듯하게 과목명과 자식의 이름을 써주셨다. 내 이름이 쓰인 책을 한권씩 받아들면 왠지 내가 그럴싸한 사람이 된 기분이 들었다.

입대한 지 한달이 지났을 무렵, 퇴소를 앞둔 신병훈련소에서 나는 유일하게 아버지의 서신을 손에 넣은 유일한 아들이 되었다. 주소를 적은 글씨만 보아도 대번에 아버지가 보낸 걸 알 수 있었는데, 남사스럽게도 눈물이 핑 돌아 동기생들 몰래 눈가를 훔치며 조심스레 봉투를 열었다. 삼

행으로 이뤄진 편지의 내용은 간결했다.

"용목아, 잘 지내느냐?"

"우리는 다 잘 있다."

"퇴소식 때 보자."

그러나 퇴소식 때, 정작 아버지는 오지 않으셨다.

아버지는 이발사였고,
어머니는 재봉사이자 미용사였다

안현미

삐아졸라를 들으며 웹사이트에서 점쳐준 나의 전생을
패러디한다

과거의 당신은 아마도 남자였으며 / 현재의 당신은 불
행히도 여자이며 / 인간의 모습으로 당신이 태어난 곳과
시기는 현재의 보르네오 섬이고 / 여자의 모습으로 당신
이 태어난 곳과 시기는 강원도 태백이고 / 대략 1350년
정도입니다 / 대략 1972년 여름의 일입니다 / 당신의 직
업 혹은 주로 했던 것은 랍비, 성직자, 전도사입니다 / 당
신의 직업 혹은 주로 하는 짓은 비정규직, 계약직, 시간제
입니다

(어쩌자는 것인가)

삐아졸라의 아버지는 이발사였고 , 어머니는 재봉사이
자 미용사였다고 한다

내 아버지는 광부였고, 어머니는 장성 제1광업소 급식
사이자 세탁부였다

(몰라, 얼음 죽을 때까지 얼음)

강 옆에서 물이 다 지나가기를 기다리는 사람*처럼
삐아졸라를 들으며 나는 내가 다 지나가기를 기다릴
뿐

---

* 김도연 산문집 「눈 이야기」에서.

삐아졸라를 들으며
나는 내가 다 지나가기를 기다릴 뿐

아버지와 나의 불화는 고등학교 1학년 무렵부터 시작되었다. 그전까지는…… 글쎄, 내 기억엔 나쁘지 않았다. 초등학교 때까지 아버지는 내 머리를 직접 잘라주셨다. 마당에 의자를 놓고 앉아 흰 천을 목까지 두르면 바리캉과 가위를 들고 제법 그럴싸하게 모양을 내주셨다. 면 소재지 이발소에 가서 자르는 거나 거의 진배없었지만, 간혹 바리캉 날이 잘 먹지 않아 쥐 파먹은 뒤통수가 되기도 했다. 한번도 아버지가 머리를 잘라주는 게 싫은 적은 없었다. 군대에서 후임들 머리를 잘라주던 실력일 뿐이었다지만 제법 멋있게 모양을 낼 줄 아셨다. 중학교에 올라가면서 이발소에 가서 자르게 했는데, 그건 형들에게도 쭉 적용된 일종의 관례였다. 중학생쯤 되면 그래도 좀 구색을 갖춰야 한다고 생각했던 모양이다. 막내의 나쁜 점은 형제들 중에서 부모와 가장 짧은 시간을 산다는 것이고, 좋은 점은 부모의 손길이 가장 나중에까지 미친 자식이라는 것이다. 그러니까 막내인 내가 중학생이 된 이후부터 아버지는 한번도 바리캉과 가위를 들지 않으셨다.

면 소재지에는 두 개의 이발소가 있었는데, 그중 하나가 삼촌 친구가 하는 '현대이발관'이었다. 십여년 전 삼촌 친구가 돌아가시면서 현대이발관도 문을 닫았다. 아버지는 자신의 친구도 아닌 동생 친구의 죽음을 유달리 서운해했다. 아버지는 평생 현대이발관에서만 머리를 자른 것이었다. 그때까지 바닥에 떨어진 아버지의 머리카락을 쓸어담은 사람은 그가 유일했음을 생각하면, 중학생 때 다달이 들른 현대이발관이 내게도 새삼 애틋하게 다가왔다. 말이 반복되면 강조일 뿐이지만 행동이 반복되면 그 사람이 된다. 아버지에게 현대이발관은 당신의 한 부분이었다. 그 뒤 아버지는 시골집과 과수원을 큰형에게 내주고 시내에 있는 아파트에서 사셨다. 돌아가시기 전까지 몇년간 아버지가 어디서 머리를 잘랐는지는 모른다. 생각은 음악 같은 데가 있다. 보이지 않지만 움직이고 순간 속에 나타났다 사라진다. 오직 시간 속에 자신을 끼워 넣는다. 누군가에 의해 쓸리는 아버지의 머리카락을 생각하는 일은 저녁 같은 데가 있다. 오늘 저녁엔 삐아졸라를 듣는다. 그렇지만 아무리 지나가도 나는 아버지를, 아버지는 나를 다 지나갈 수는 없을 것이다.

나와 나타샤와 흰 당나귀

백석

가난한 내가

아름다운 나타샤를 사랑해서

오늘밤은 푹푹 눈이 나린다

나타샤를 사랑은 하고

눈은 푹푹 날리고

나는 혼자 쓸쓸히 앉어 소주(燒酒)를 마신다

소주를 마시며 생각한다

나타샤와 나는

눈이 푹푹 쌓이는 밤 흰 당나귀 타고

산골로 가자 출출이 우는 깊은 산골로 가 마가리에 살자

눈은 푹푹 나리고

나는 나타샤를 생각하고

나타샤가 아니 올 리 없다

언제 벌써 내 속에 고조곤히 와 이야기한다

산골로 가는 것은 세상한테 지는 것이 아니다

세상 같은 건 더러워 버리는 것이다

눈은 푹푹 나리고

아름다운 나타샤는 나를 사랑하고

어데서 흰 당나귀도 오늘밤이 좋아서 응앙응앙 울을 것이다

어데서 당나귀도 오늘밤이 좋아서

오랜만에 고향집에 내려가 며칠 지내기로 했다. 행복이라는 말과 가장 잘 어울리는 단어는 집이고 거기에는 밥 짓는 냄새가 배어 있고 쌀밥 같은 웃음이 흘러넘치고 있을 것 같다. 접시마다 깔끔하게 앉은 반찬들이 있고 그 위로 젓가락이 엇갈리는 풍경.

그렇지만 아버지와 마주 앉는 일은 약간의 긴장감을 동반하는 일이기도 했는데 그건 소싯적, 그러니까 고등학생 때 얻은 트라우마 때문이다. 아버지는 웬일로 내게 술을 권하셨다. 술은 어른에게 배워야 한다는 식의 훈훈한 시간일 리는 만무했다. 그즈음 나는 일찌감치 깨달은 술의 위력에 감탄하며 매일 취기와 동고동락하는 불량학생이어서 어쩌다 내 방문을 열어본 사람은 내 숨결을 타고 흘러나온 에탄올 향에 취하곤 했다. 오해할까봐 덧붙이자면, 당시 나는 세상과 인생에 대한 고민이 지나치게 깊었다.

모든 문제를 사회와 시대 탓으로 돌리긴 싫지만, 누가 네 소원이 뭐냐고 물으면 당당하게 '조국 통일'이라고 말했으니까. 어쨌든, 아버지가 따라준 술을 두어 잔 들이켜자 감개가 무량해졌다. 먼저 미성년 신분상 외진 곳에서 찌그러져 마시다가 당당히 술잔을 들 수 있다는 것이 그랬고, 딴에는 이미 세상을 알 만큼 알아버렸는데도 늘 미숙한 아이로 취급하던 아버지가 드디어 나를 어른으로 대하는 것 같아 기뻤다. 흥분한 만큼 술도 쉽게 올랐다. 게다가 아버지는 내 말을 경청할 자세까지 갖추고 있었다. "자, 마시고 니 하고 싶은 말 있으마 다 해봐라." 물론 그 뒤에 '넌 뭐가 그렇게 불만이냐' '왜 공부는 뒷전이냐' 등등의 질문이 생략된 것 정도는 짐작했다. 하지만 나는 오랜 투쟁 끝에 주권을 인정받은 식민지 운동가처럼 가족의 영역에서 발언권이 주어졌다는 사실만으로 잔뜩 고무되었다. 지나치게 고무된 탓인지는 모르겠다. 작심하고 많은 말들을 쏟아냈던 것 같은데, 그 말들이 무엇이었는지 하나도 기억나지 않았다. 물론 어떻게 잠들었는지도 몰랐다. 숙취에 뒤척이며 잠에서 깼을 때는 여느 때처럼 평온한 아침이었다. 머리맡에 큰 가방이 꾸려져 있는 것만 빼고 말이다. 아버지가 방문을 벌컥 여는 것도 일상적인 일이지 않은가. 그런데 "인났으마 내 집에서 나가!" 외치고는 다시 쾅, 닫았을 때에야 나는 뭔가 크게 잘못되었음을 깨달았다. 세상의 달콤한 기회들은 모두 함정을 숨기고 있다. 내가 가출하는 친구들을 부러워한 이유는 딱 한 가지다. 나는 집에서 쫓겨나거나 쫓겨날 위기에 처한 경우가 빈번했는데, 그들은 제 발로 뛰쳐나갔는데도 온 식구들이 간곡하게 찾아다닌다는 점이었다.

거기서 그치지 않는다. 나의 트라우마를 고착시킨 사건은 대학생 때 일어났다. 간만에 집을 찾은 아들에 대한 사랑을 어머니는 늘 밥상으로 표현하곤 하셨다. 흔히 '집밥'이라는 말 속에는, 정작 밥그릇만 한 말로는 절대 표현할 수 없는 집채만 한 마음이 담겨 있는 것이다. 나는 부엌 바닥에 반상을 펴고 밥을 먹고 있었고, 개수대 앞에서 어머니는 고무장갑을 끼고 설거지를 하고 있었다. 간유리를 단 창으로 배어드는 햇살까지, 평온하다고밖에 말할 수 없는 봄날이었다. 부엌 창문이 열리기 전까지는 말이다.

집 뒤꼍에는 대나무밭 아래로 제법 너른 뜰이 있었는데, 그곳에는 인정 많은 이웃들 중 누군가가 키워보라고 한 마리씩 내준 염소나 닭들이 뛰어놀곤 했다. 경우에 따라 벌통이 놓여 있을 때도 있고 외양간에서 풀려난 소들의 운동장이 될 때도 있었다. 그것들이 새끼를 쳐 흑염소 가 스무 마리를 넘긴 적도 있고 십여 개의 벌통이 쭉 늘어 선 적도 있었는데, 마침 그때는 암탉 몇 마리가 뒤안을 차 지하고 있었던 모양이다.

뒤꼍으로 이어진 과수원에서 사과꽃을 솎다 말고 아 버지는 계란 두 알을 주워 어머니에게 건넬 참이었다. 그 런데, 허락도 없이 자신의 집에 들어와서 떡하니 밥을 먹 고 있는 '원수'를 목격한 것이었다. 당시 우리에게 '자식이 아니라 원수다'라는 말은 비유가 아니라 사실에 가까웠다. 화를 내다 갑자기 웃기 힘든 것처럼 웃다가 갑자기 화를 내는 것도 힘들다. 아버지의 순발력이 그렇게까지 뛰어났 다면 나는 불호령과 함께 곧바로 쫓겨났을지도 모른다. 대 개 당황한 사람들이 취하는 태도는 태연함을 가장한 외면 과 심각함을 가장한 침묵인데, 그것은 의도된 전략이라기 보다는 자신의 연약함을 들키지 않기 위한 조건반사 같은 것이다.

아버지는 태연함을 가장한 외면을 택했다. 그렇다고 상 반신을 창문턱에 걸친 채 손에 쥔 계란을 있는 대로 내민 것을 그대로 거두기도 민망했던지라, 창문 너머로 쏟아지 는 봄볕을 아우라처럼 걸치고 설거지 중인 어머니에게 짧고 굵게 말씀하셨다.

"어서 받아라."

순식간에 갈등의 소용돌이로 빨려든 사람은 나였다. 벌떡 일어나 계란을 받아야 하나 말아야 하나. 행여나 당신의 일상에 끼어들었다가 이 급작스러운 재회가 겨우 눌러놓은 불꽃을 재점화시키면 어쩌나…… 아버지도 내가 일어나 선뜻 손을 내밀까봐 불안해하시는 눈치였다. 주거니 받거니 하며, 어쭙잖게 화해 비스무리한 상황이 시연되기에는 아직 자식의 불충과 불효를 호되게 꾸짖지 못한 것이었다.

이 진퇴양난의 혼돈상태는 대략 10초쯤 뒤에 처참하게 해소되었다. 아무리 손에 꽉 끼는 고무장갑이라 해도 벗는 데 아주 오래 걸리지는 않는다. 계란을 받기 위해 어머니가 고무장갑을 벗으려는데, 땀이 찼던지 잘 되지 않은 모양이었다. 겨우 10초쯤 지났을까? "에잇 젠장!" 아버지는 짜증 섞인 한마디를 남기며 계란을 부엌 바닥에 그대로 놓아버렸다.

퍼펀, 폐허가 된 부엌 바닥에 앉아 나는 다시 번뇌에 빠져들 수밖에 없었다. 어쩌면 내가 서둘러 계란을 받아들지 않아서였을지도 몰랐다. 아니, 어쩌면 내가 일어나

손을 내밀지도 모른다는 위기감 때문에 극단의 선택을 했는지도 몰랐다. 아버지는 예처럼 창문을 쾅, 닫고 사라진 뒤였다. 어머니와 나는 두 개의 계란에서 터져나온 노른자위를 내려다보며 망연자실할 수밖에 없었다.

그러나 많은 시간이 흘렀다. 나도 이제 사회학적으로나 생물학적으로나 성인이었다. 그렇더라도 피차 서먹서먹함이 남아 있는 것은 어쩔 수 없는 일. 큰 지진이 지나간 땅에서는 작은 지진도 재앙이 될 수 있으니 매사 조심하는 수밖에 없었다. 숟가락 달그락거리는 소리가 우리 사이의 침묵을 새삼 확인시켜주고 있었다. 그때, 뿌리는 것처럼 눈이 펑펑 쏟아지기 시작했다. 서로 일러주지도 않았지만 누가 먼저랄 것도 없이 우리는 멈춘 듯 창밖을 내다보았다. 오래 묵은 세월 같은 게 하얗게 부서져 내리는 느낌. 그뿐, 다시 얼굴을 밥그릇에 박고 각자의 밥을 퍼먹었다. 아버지도 적잖이 어색했던 모양이다. 아니면 머릿속에도 어떤 회한의 시간이 눈처럼 내렸을까. "눈은 어째 내리는 기고?" 식은 아궁이 앞에 덜 마른 장작을 부려놓듯 무심한 말투로 불쑥 물었다.

어렸을 땐 공부를 곧잘 해서 제법 자랑거리가 되기도

했다. 학년이 올라갈수록 삐딱해지더니 나중엔 도통 마음에 드는 구석이 없었다. 아버지는 제대로 느껴보지 못한 자식 키운 보람을 늦게나마 보상받고 싶었는지도 모른다. 아니면 소원했던 시간 밖으로 손을 내밀어 눈처럼 한송이 다정함을 받아내고 싶었는지도 모른다. '아버지, 지표면의 수분이 증발하여 대기 중에 구름을 형성하고 그 구름이 특별한 전기작용에 의해서 떨어지는 것이 비인데, 그것이 저온현상으로 인해 응결된 것이 바로 눈입니다. 눈은 흡수발열을 하기 때문에 눈이 오는 가운데 서 있으면 따뜻함을 느낄 수 있습니다.' 이렇게 답한다면, 퍼펙트하다. 그래, 늦게나마 정신을 차린 것 같고 이제 좀 사람 구실을 하고 사는 모양이구나, 새록새록 솟아나는 신뢰와 함께 깊이 묵혀둔 사랑을 넌지시 짚어보는 감동은 이런 순간에 찾아올 것이다. 그러나 나는 명색이 시인이었고 백석으로 박사논문까지 쓴 바 있지 않은가. 그래서 이렇게 대답했다. "아버지, 가난한 내가 아름다운 나타샤를 사랑해서 오늘은 푹푹 눈이 내립니다." 아버지는 숟가락을 턱밑에 멈춰놓고는 입을 벌린 채 멍하니 나를 바라봤다. 그 정지화면이 어떤 기대와 희망이 분노로 뒤바뀌는 순간이었다는 것을 알아채는 데 3초쯤 걸렸을까. 백석을 아실 리 없었고 시의 의미를 곱씹어볼 분도 아니었다. 숟가락을 밥상에 내동댕이쳤을 때에야 나는 내가 아버지와 밥을 먹고 있다는 사실을 새삼 깨달을 수 있었다. "이 미친놈!" 한마디와 함께 콩나물국이 출렁이며 내 바짓가랑이를 적셨다. 어머니에게 한 말씀 남기는 것도 잊지 않으셨다. "자식 하나 없는 셈 쳐!"

아버지는 정답을 원하셨다. 자식들이 정해진 대로 살기를 바랐고 그것이 세상의 방식이며 그래야 안락할 수 있다는 것을, 삶의 곤궁을 통해 깨우치셨을 것이다. 그러나 어쩌겠는가. 나는 구름 속에서 특별한 전기작용이 일어나는 것을 본 적이 없는 것을, 나에게 눈이 내리는 이유는 감당하지 못할 나의 사랑 때문인 것을, 그것이 내가 가진 유일한 진실인 것을 말이다. 아버지는 당신 앞에 앉은 자식이 사실은 출출이 우는 '깊은 산골 마가리'에 살고 있다는 것을 아실 리 없었다.

아버지들

정호승

아버지는 석 달치 사글세가 밀린 지하 셋방이다

너희들은 햇볕이 잘 드는 전세집을 얻어 떠나라

아버지는 아침 출근길 보도 위에 누가 버린 낡은 신발

한 짝이다

너희들은 새 구두를 사 신고 언제든지 길을 떠나라

아버지는 페인트칠할 때 쓰던 낡고 때묻은 목장갑이다

몇 번 빨다가 잃어버리면 아예 찾을 생각을 하지 말아라

아버지는 포장마차 우동 그릇 옆에 놓인 빈 소주병이다

너희들은 빈 소주병처럼 술집을 나와 쓰러지는 일은 없

도록 하라

아버지는 다시 겨울이 와서 꺼내 입은 외투 속에

언제 넣어두었는지 모르는 동전 몇 닢이다

너희들은 그 동전마저도 가져가 컵라면이라도 사먹어라

아버지는 벽에 걸려 있다가 그대로 바닥으로 떨어진 고

장난 벽시계다

너희들은 인생의 시계를 더이상 고장내지 말아라

아버지는 동시상영하는 삼류극장의 낡은 의자다

젊은 애인들이 나누어 씹다가 그 의자에 붙여놓은 추잉
껌이다

너희들은 서로가 서로에게 깨끗한 의자가 되어주어라

아버지는 도시 인근 야산의 고사목이다

봄이 오지 않으면 나를 베어 화톳불을 지펴서 몸을 녹
여라

아버지는 길바닥에 버려진

붉은 단팥이 터져나온 붕어빵의 눈물이다

너희들은 눈물의 고마움에 대하여 고마워할 줄 알아라

아버지는 지하철에 떠도는 먼지다

이 열차의 종착역이다

너희들은 너희들의 짐을 챙겨 너희들의 집으로 가라

아버지는 이제 약속을 할 수 없는 약속이다

아버지는 석 달치 사글세가 밀린
지하 셋방이다

고등학교 3학년 때, 아버지와 나의 불화는 극에 달했다. 아버지는 아버지대로 삐딱해진 자식이 못마땅했을 테고, 나는 나대로 가부장적이고 보수적이며 성격 급한 아버지가 싫었다. 하다못해 나는 집에 있는 것이 싫었고 아버지는 내가 집 밖에 나가는 걸 싫어했으니, 상극도 이런 상극이 없었다.

이유는 기억나지 않지만 아침부터 한판하던 차였다. 아버지가 내 멱을 잡고 고함을 치고 있었고 나는 강렬하게 뭔가를 항변하는 중이었다. 어머니가 등판한 것은 막 절정으로 치달을 무렵이었다. 환하게 문을 열어젖히며 검은 실루엣 하나가 나타나더니 다짜고짜 내 손을 잡아챈 것이다. 아버지와 나의 레퍼토리는 수백번 연습한 대본처럼 뻔하게 마련이었는데, 예상치 못한 전개에 당황한 건 피차 마찬가지였다. 어머니는 맨발로 나를 이끌고 마당을 가로질러 안방까지 다다랐다. 장롱을 열고 다시 장롱 서랍을 열고 서랍 속을 들추는 어머니를 나는 넋 놓고 바라볼 수밖에 없었다. 이윽고 돈뭉치를 꺼내 내게 쥐여주면서 이렇게 말씀하셨다. "용목아, 너 이 돈 갖고 나가라이. 인자 내가 몬살겠다! 어데 가마는 전화나 한통 하고, 나가 살아라!"

까맣게 잊었던 일이다. 어머니는 "너하고 느그 아부지하고 참말로 와 그래 궁합이 안 맞았는지 모르겠다"라며 당시를 회상했다. 모든 일들은 지난 일이 된다. 시간은 세상의 전부였던 일들을 기억의 일부로 돌려놓는 재주가 있다. 나는 웃으며, 아버지가 나무라면 어머니가 좀 품어줘야 하는 거 아니었느냐며 핀잔을 주었다. "느그 아부지가 너 때문에 을매나 속이 썩었는 줄 아나?" 당시 나에게 아버지는 꼰대일 뿐이었다. 나의 고민에 대해서는 관심도 없고 나에 대해 아무것도 모르면서, 그저 간섭하고 야단치고 무시하는 어른 말이다. 어머니의 기억은 달랐다. 나 때문에 드시면 안 되는 술을 자주 드셨고, 밤잠을 설치는 일이 다반사였다고 했다. 전혀 몰랐다면 거짓말이다. 언젠가 형이 아버지가 돌아가시면 너 때문이라고 했던 말이 그저 나의 행실을 다그치기 위한 과장만은 아니었다. 상주는 원래 죄인이라지만, 꼭 형의 말 때문이 아니더라도, 장례 내내 나는 죄책감에 시달렸다. 언젠가 나와 크게 다투었을 때 어느 외진 곳에서 눈물을 훔치는 아버지에 대한 목격담은 이제야 어머니에게 처음 듣는 것이었다.

물론 그날 나는 집을 나가지 않았다. 아버지는 이산가족 상봉을 방불케 하는 모자의 오열을 확인하고는 물러났다. 사실 지금 궁금한 것은 따로 있다. 아버지가 모든 가계를 도맡은 시스템에서 그 돈은 어머니의 쌈짓돈 혹은 비상금인 셈인데, 그 와중에 내가 그 돈을 슬그머니 챙겼는지 다시 어머니에게 돌려줬는지 모르겠다는 것이다. 그돈이 14만 5천원이었다는 것을 내가 정확히 기억하고 있는 걸 보면 아무래도 후자가 아닐까.

가족사진

유홍준

아버지 내게 화분을 들리고 벌을 세운다 이놈의 새끼 화분을 내리면 죽을 줄 알아라 두 눈을 부라린다 내 머리 위의 화분에 어머니 조루를 들고 물을 뿌린다 화분 속의 넝쿨이 식은땀을 흘리며 자란다 푸른 이파리가 자란다 나는 챙이 커다란 화분모자 벗을 수 없는, 벗겨지지 않는 화분모자를 쓴다 바람 앞에 턱끈을 매는 모자처럼 화분 속의 뿌리가 내 얼굴을 얽어맨다 나는 푸른 화분모자를 쓰고 결혼을 한다 제멋대로 뻗어나가는 넝쿨을 뚝 뚝 분지른다 넝쿨을 잘라 새 화분에다 심는다 새 화분을 아내의 머리 위에 씌운다 두 아이의 머리 위에도 덮어씌운다 우리는 화분을 쓰고 사진관에 간다 자 웃어요 화분들, 찰칵 사진사가 셔터를 누른다

자 웃어요 화분들,
찰칵 사진사가 셔터를 누른다

내가 대학을 다닌 때는 정치적 입장을 표명하는 학생
들의 활동이 많았던 만큼 그에 따른 제약도 많았다. 새 학
기가 시작할 무렵 아버지에게서 호출이 왔다. 삐삐에 녹
음된 내용은 택시를 타고 곧바로 집으로 오라는 것이었다.
전화를 했다. 유선 저편에서 몇마디 거친 말이 넘어오고
는 당장 학교를 그만두라고 하셨다. 당시에는 좀 흔한 일
이기도 해서 어떤 소식이 어떻게 전해졌는지는 대략 짐작
이 갔다. 나중에 확인한 바로는 정보과 형사인지, 정보원
사람인지 알 수 없는 몇몇이 검은 차를 타고 마을을 훑으
며 우리 가족에 대해 이것저것을 캐묻고 갔다고 했다.

당연히 우리 가족에게는 비밀로 하라고 당부했지만 시
골 사람들이야 정자나무 밑에서 막걸리 한잔이면 할 말
못할 말이 따로 없었다. "자네 아들이 뭔가 위험한 일을
한다 카던데……" 고등학교 때부터 공부 대신 동아리인지
항아리인지 학생회인지 생선회인지 하다가 대학에도 낙방

하더니, 가뜩이나 마뜩잖은 학교에 다니는 주제에 동네방네 남사스러운 일까지 만들었으니 아버지로서는 도저히 용서할 수 없었을 것이다. 그런 아들과의 통화가 아버지의 화를 더 북돋웠는지도 모르겠다. 지금은 바빠서 자퇴서를 낼 시간이 없으니 바쁜 일 끝난 뒤에 처리하겠다는 게 내 대답이었다.

아버지는 분을 참지 못해 부엌에서 소주를 들이켜고는 곧바로 트럭에 올랐다. 위험한 일이었지만 집안의 절대 권력자였던 아버지를 말릴 수 있는 사람은 아무도 없었다. 불안했던 어머니가 사정사정하여 겨우 아버지 옆 좌석에 앉는 데까지 성공했다. 마침 집에 머물던 작은형이 자가용을 몰고 트럭 뒤를 따랐다. 그리고 가까운 시내에 사는 큰형에게 길목을 지키라고 전했다. 그렇게 하여 아버지의 트럭을 가운데 두고 큰형 차와 작은형 차가 비상등을 켜고 에스코트하는 일가족의 기이한 드라이브가 시작되었다.

함양을 지나고 산청을 지났다. 자식들의 경호가 든든했든지 아니면 정말 분을 참을 수 없었든지, 어머니의 간청에도 아버지는 거창 산골에서 진주까지 두시간을 달리셨다. 짐작건대, 행선지가 바뀐 것을 보면 달리는 동안 마음이 좀 누그러졌지만 정작 이 야단법석을 시작한 이상 쉽게 멈추기가 쑥스러웠을 것이다. 그렇게 무작정 달리다 멈춘 곳은 진주 남강 변이었고 때마침 서커스단이 포장을 치고 있었다. 아버지는 표를 딱 두장만 사서는 어머니와 삼십분 전에 시작한 서커스를 보러 들어가셨다. 물론 아버지의 보디가드, 형제도 덩달아 표를 사서 뒤따라야 했다. 서커스가 끝나고 메기 매운탕 집에 앉은 아버지가 처음으로 입을 여셨다.

"자식이 여럿이니 서커스 보여주는 자식도 다 있네."

달

이영광

　아버지, 속 아프고 어지러운데 소주 마셨다. 마셔도 아
프다 하면서 마셨다. 한해에 한 사흘, 마셔도 많이 아프면
소주병 문밖에 찔끔 내놓았다. 아버지 쏟고 싶은 건 다 쏟
고 살았다. 망치고 싶지 않은 것 다 망치고 살았다. 그러다
하루 소주 한 됫병으로 천천히, 자진했다. 조용한 아버지
가 좋다 죽은 아버지가 좋다. 아, 그러나 텅 빈 지구에 돌
아온 달처럼 덩그러니 앉았노라니, 살았던 아버지가 좋다.
시끄럽게 부서지던 집이 좋다. 아버지 평생 농사 헛지었다.
나는 어둠이 좋아 허공을 갈고 다녔다. 달 하나로 살았다.
문득문득 겨울 들판처럼, 글자를 다 잊어버린 지구의 어
머니가 있다. 공구 같은 손이 또 시집 그 거칠고 어지러운
것을, 고와라 고와라 쓰다듬는다. 점자를 읽듯 죽은 자식
불알 만지듯. 호두나무 가지에 찔려 오도 가도 못하는, 뚱
그런 보름달 헛배.

죽은 아버지가 좋다

우리집은 동네 맨 꼭대기에 앉아 마을을 내려다보는 위치였다. 서로 숟가락이 몇개인지도 다 안다는 말마따나 집집마다 대문이랄 것이 따로 없는 동네였다. 나는 우물집에서 풀어놓은 수탉 때문에 골목을 지나가지 못할 정도로 어렸다. 골목에 흩어져 있는 닭 무리 속에서 수탉의 위치를 미리 파악하고, 좀 멀찌감치 비켜 있다 싶을 때 냅다 뛰어야 했다. 날개를 퍼덕이며 한참이나 쫓아오다 골목 어귀에 이르러서야 수탉은 수렵 활동을 접고 다시 모래를 쪼는 채집 활동으로 돌아갔다.

그날은 세개의 장면만 기억난다.

첫번째 장면은 이랬다.

친구들과 놀다 돌아오는 길이었고 역시나 수탉을 따돌리느라 숨이 찼다. 집 앞 감나무 아래서 숨을 고르는

데, 이상하게도 온 동네 사람들이 우리집에 몰려와 있는 게 보였다. 무슨 일일까? 기웃거리며 집으로 들어서는 나를 우물집 아주머니가 붙들어 세웠다. 요란한 소리가 들려왔다. 아저씨들의 손을 뿌리치며 아버지는 집 안 물건들을 마당으로 내던지고 있었다. 이런 말을 들었다. 다 죽여버리겠다고…… 아주머니들이 어머니를 이끌고 뒤꼍으로 가는 게 보였다. 그게 무슨 일이었는지, 무엇 때문이었는지, 예닐곱의 나는 알 도리가 없었다. 더는 우리 식구들이 함께 살 수 없을지도 모른다는 불안감만, 내가 감당할 수 없는 무언가가 나의 전부를 앗아가고 있다는 두려움만, 또렷하게 느낄 수 있을 뿐이었다.

일이 어찌되었는지는 기억나지 않는다.

다음 장면은 한밤중이었다.

나는 잠이 많아 9시를 넘기지 못하고 곯아떨어지곤 했지만, 그날은 백열전구 달린 마루 끝에 나와 퀭한 달빛을 쳐다보고 있었다. 사방은 쥐 죽은 듯 고요했다. 그때 슬며시 안방 문이 열렸고 아버지가 커다란 가방을 들고 나왔다. 마루 밑에서 가죽 구두를 꺼내 신고는, 암말 말고 드가 자거라, 한마디 남기고 마당을 성큼성큼 가로질러 어둠

속으로 사라졌다. 나는 역시나 아무것도 몰랐지만, 다시는 아버지를 볼 수 없으리라는 사실만큼은 분명하게 알 것 같았다. 아버지, 아버지, 부르고 싶었지만 말은 소리가 되어 나오지 않고 흔들리는 전등 속에 달빛이 그렁그렁 차오르는 것을 지키고 있었다.

마지막 장면은 다음 날 아침이었다.

가슴은 먹먹했고 눈은 퉁퉁 부어 있었는데 문살에 들이치는 봄볕이 부셔 눈을 떴다. 누운 채 손을 뻗어 미닫이문을 열었다. 쨍한 햇살이 흙마당을 환하게 밝히고 있었다. 어머니가 정지문 너머에서 뚝딱뚝딱 끼니를 장만하고 있는 것이 보였고 책가방을 마루에 올려놓은 형들은 세수를 하고 있었다. 아침 논물을 잡고 오는지 아버지가 괭이를 메고 삽짝을 들어서고 있었다. 여느 날처럼 평온한 아침이었다. 아무 일도 없었던 것처럼 모두가 자기 일을 하고 있었다. 정말 아무 일도 없었던 것처럼…… 그때, 나는 삶이 뭔지, 일상이 뭔지, 가족이 뭔지 알 수 없었지만 봄볕 환하게 쏟아지는 그 풍경이 무서움으로 훅 밀려왔다. 문 앞에 엎드린 채로 나는 그 뭔지도 모르는 삶을, 일상을, 가족을 처음으로 끔찍하게 바라보았다.

땅의 아들

고재종

아버지는 죽어서도 쟁기질 하리
죽어서도 살점 같은 땅을 갈아 모를 내리

아버지는 죽어서도 물 걱정 하리
죽어서도 가물에 타는 벼 한 포기에 애타하리

아버지는 죽어서도 낫질을 하리
죽어서도 나락깍지 무게에 오져 하리

아버지는 죽어서도 밥을 지으리
죽어서도 피 묻은 쌀밥 고봉 먹으리

그러나 아버지는 죽지 않으리
죽어서도 가난과 걱정과 눈물의 일생
땅과 노동과 쌀밥으로 살아 있으리

그러나 아버지는 죽지 않으리

어느 집안에나 문제적인 조상 한분쯤은 있는데 우리 가족에게는 그분이 할아버지였다. 덕분에 아버지는 학업을 중단하고 집안을 도맡아야 했다. 할아버지는 주색잡기에 능했는데, 특히 노름에 특출난 재능을 보였다. 이 사람 저 사람에게서 주워들은 일화들을 종합해보건대, 할아버지는 아무래도 타짜였던 듯하다.

당시 마을의 주 수입원은 담배 농사였고 작물은 전매청에서 모두 사 갔다. 마을별로 일괄 지급된 대금을 받아오는 것은 마을 이장인 할아버지의 소임이었다. 할아버지는 곧장 오지 않고 그 돈을 밑천으로 진주나 김천의 노름판을 한바퀴 돌았다. 돌아올 때는 돈을 다 간수할 수가 없어 짐꾼을 대동하기도 했고, 돌아와서는 집 안에 돈을 둘 데가 없어 헛간에 파묻어놓기도 했다. 그런 분들의 대미는 으레 가산을 탕진하는 것으로 장식되는데, 할아버지가 전답을 모두 날린 것은 얄궂게도 노름이 아니라 산판

사업 때문이었다. 나무를 가득 실은 '육발이 도라꾸'를 김천 넘어가는 신작로가에 쭉 세워놓았는데, 밤새 퍼부은 비에 트럭들이 다 떠내려간 것이다. 물론 그에 앞서 사람들이 객주에 묵고 있던 할아버지를 깨웠지만, 비는 비고 잠은 잠이라며 사람들을 물리치셨다. 그 뒤 할아버지는 재기하지 못하고 홀로 피신하며 사셨다.

할아버지가 그렇게 드센 사람이라 그랬는지는 모르지만, 아버지는 비교적 성품이 온화하고 부드러웠으며 매사에 합리적인 편이었다. 불뚝 성질이 한번씩 도질 때가 문제였지만, 그것도 대개는 가족에게만 국한된 것이었다. 요컨대 그는 세상 모든 이에게 늘상 좋았고 가족에게 종종 나쁜 사람 중 하나였다. 어쩌면 시원하게 풀리지 못한 회환을 보여줄 곳이, 못났지만 가족밖에 없었을 것이다. 정작은, 아버지도 당신의 아버지를 감당하기 힘들었을 거라는 생각에 미치면, 세상의 모든 아버지들은 아버지를 반복해 사는 것은 아닌가, 생각하게 된다. 어쩌면 부모가 되지 않겠다는 나의 다짐은 내가 여전히 아버지를 감당하고 있다는 것을 고백하는 일인지도 모른다. 나는 여전히 아버지가 지긋지긋하고 미우며 원망스럽다. 그렇게 그립다.

별 노래

허수경

작은 사과나무를 돌보는 아버지 옆에 서면 사과나무 꽃 입술이 흙 가장 보드라운 살에 떨어져 분홍 웃음소리. 아버지는 꺼멓게 말라가는 속잎을 따내면서 "애야 일찍 들어온나 처녀애들 밤길은 위험하니라" 전지가위에 잘려나간 곁가지를 주워 담을 때 본 근육통으로 부어오던 아버지의 손등. "밤길 어둡다고 바래다주는 사람이 있는걸요" 물뿌리개에서 햇살이 번져 올랐습니다.

물뿌리개에서 햇살이 번져 올랐습니다

'슬픔만한 거름이 어디 있으랴.' 그 한 줄이 오랫동안 나를 묶고 있었지만, 실상 그 시가 탈상의 아픔에서 시작되었다는 것을 종종 잊곤 하였습니다. 선생님께 왜 이 이야기를 하는지 스스로도 잘 모르겠습니다. 그리고 이 이야기를 선생님께 전할 수 있을는지도 모르겠습니다. 그러나 별이 뜬다면, 그 별을 건반처럼 누르는 손이 있어서 아코디언처럼 밤하늘이 흘러나온다면, 뮌스터 늙은 산들의 마을에 작은 등불을 켜놓았던 어느 밤처럼 당신은 이미 내 목소리를 듣고 있으리라 믿습니다.

오늘 선생님의 첫 시집을 꺼내 읽었습니다. 오래전 쓰신 그 시들 속에서 제가 잊고 있었던 열정과 분노와 사랑을 다시 만났습니다. 그리고, 아버지를 만났습니다. 빚쟁이에 쫓겨다니는 아버지, 노동이 재산의 전부인 아버지, 그러면서도 독재자의 죽음을 슬퍼하는 아버지, 맨날 거리를 뛰어다니다 술 취해 돌아오는 자식을 이해하지 못하는 아버지, '그리도 명분 없이 살다 간 아버지'. 그러나 선생님께서는, 아버지에게만큼은 처음부터 용서해야 할 무엇도 품지 않으셨던 것 같습니다. 아마도 육체의 균열로부터 스멀스멀 삐져나온 죽음을 어느 순간 보아버린 때문이겠지요. 결국은 슬픔이 재산의 전부인 아버지, 그 가엾은 존재의 싹을 보아버린 때문이겠지요. 저도 그랬습니다. 그날도 아버지가 밉던 날, 나는 아버지의 병환 소식을 들었습니다. 그리고 비로소 서로의 싹이자 날씨이며 빈 들판이기도 한 인연의 허술한 봄, 그 사랑의 잔해들과 마주하게 되었습니다.

선생님의 병환 소식도 그랬습니다. 이렇게 슬픔의 유산을 물려받고 물려주는 것이 전부인 인생도 있어서, 간혹 서로의 슬픔을 목록처럼 짚는 것으로 안부를 대신하는 사이도 있어서, 선생님의 시들은 죽음에 물을 뿌리고 상처의 틈에서만 자라는 싹들을 그렇게나 공들여 보살폈는지도 모르겠습니다. 독일은 먼 곳입니다. 먼 곳이다, 생각하며 선생님을 떠올리는 일이 왜 자꾸 아버지를 떠올릴 때 마음 같아지는지 모르겠습니다. 우리 아버지는 사과 농사를 지으셨습니다. 사과꽃 그늘에서는 늘 거름 냄새가 났습니다.

너를 만지다

유병록

여기는

기록의 도시, 어떤 시간이든 불러낼 수 있는

이야기의 세계

오랫동안 전해져온 문서를 펼치면

왕의 출생에 관한 일화와 무수한 일대기와 이미 지나

가버린 미래…… 시간의 연대기를 완성할 수 있을 것 같

은데

노비의 유언과 곤궁한 시절의 농담, 저잣거리에 떠돌던

불경한 소문은 어디에 기록되어 있나

사라진 이야기가 궁금해지면

나를 만진다

여기는

종이 한장 갖지 못한 자들이 제 몸을 펼쳐 이야기를 기

록하는 곳

아무도 언급하지 않는 시간이 궁금해지면

나를 넘긴다

옮겨적듯 소리 내어 읽는다

수천수만번째의 필사본을

옮겨쓸 때마다 조금씩 달라지고 마는

사라진 이야기가 궁금해지면
나를 만진다

나는 아버지와 나의 삶이, 오랫동안 씌어지는 인간에 관한 기록이라고 믿는다. 아버지와 나의 몸이 세상의 페이지에 밤의 잉크로 찍어놓은 활자라고 믿는다. 이 이야기는 분명 사랑을 예시하기 위하여 시작되었을 것이다.

햇볕 속에 반짝 비쳤다가 사라지는 먼지처럼, 이번 생에서 우리가 만든 기적은 내가 당신을 '아버지' 하고 불렀을 때, 추레한 바지를 끌고 들에 가던 당신이 성가시다는 듯 짓궂게 찡그리며 나를 돌아보았을 때.

그렇지 않고서야 어떻게 우리의 모든 기억이 찢어져 흩날리는 페이지처럼 아플 수 있겠는가. 전사를 잃어버린 이야기처럼 내 삶의 알리바이를 그저 그리움으로 댈 수 있겠는가.

아버지의 스물일곱과 만났다

기념일들

이현승

오늘은 결혼기념일이고 모레는 아버지 제사다.

문득 나는 전생을 믿는 심리학자의 노트처럼 복잡해진다.

십일년 전에 나는 결혼했고

그때는 네 아이 같은 것은 상상도 못했다.

결혼이란 그러므로 상상도 할 수 없는 일들의 시작이다.

누군가의 기원이 된다는 것은 가슴 벅찬 일이지만

시작의 자리에 가서 보면 감쪽같아서

새삼 제 기원을 생각해보지 않을 수 없다.

아버지가 되어 아버지를 생각해보는 것은

아버지에게도, 아버지의 아버지에게도 있었을 것이다.

후회란 그만큼 흔해빠진 것이지만

그것은 내일의 일이니 미리 해보는 후회는 어리석다.

일년에 열두번 물 주는 선인장처럼

일년에 하나씩 더하는 나이를 죽음도 두고두고 먹는다.

그러므로 오늘은 케이크 위에 양초를 켜고

모레는 향을 피우기 위해 성냥이 필요하다.

아버지가 돌아가신 것은 육년 전이었다.

무언가를 준비하기에는 죽음이 이미 가까이 와 있었다.

너무 긴 칼을 가진 무사처럼 허둥대다가 당했다.

법이 그렇듯 묵묵히, 무표정하게, 그리고

간결하게 선고와 집행이 완결되었다.

따지고 보면 누가 원한을 산 것도 아닌데

어쩐지 복수심까지 들었지만

밥상을 마주하고 앉은 여섯번째 대면에는

눈물 없이도 마른 곡 없이도 슬픔이 고인다.

삶과 죽음이 이렇게 엄연하다.

아버지도, 아버지의 아버지도 그랬을 것이다.

너무 긴 칼을 가진 무사처럼
허둥대다가

"아빠에 대한 이야기를 쓰게 될 것 같아."

그 말을 들은 언니의 첫 마디는 "정말 쓸 거야?"였다. 어떤 이야기를 쓸 건지, 왜 쓰려 하는지는 묻지도 않고 '정말 쓸 거야?'라니. 머잖아 언니는 잔뜩 심통이 난 사람처럼 어느 책의 한 페이지를 사진으로 찍어 보내기까지 했는데, 그 사진 속에는 무려 이런 무시무시한 글이 적혀 있었다!

"왜 나는 어머니에 대한 꿈을 더이상 꾸지 않는가? 아마도 그동안 어머니에 대해 너무 많은 글을 써버렸기 때문이리라. 심지어 어머니의 아름다운 사진을 내 책 중 한 권의 표지로 사용하기까지 했다. 나는 뭔가를 극복하겠다는 의지는 없이, 그저 어머니의 존재를 무조건적으로 되살려내고 싶었던 것이다. 어머니가 내게 오려고 한 것이 아니라, 계속 글로 씀으로써 내가 어머니의 영혼을 불러냈던 것이다. 하지만 그러다 보니 어느 순간 나는 실제의 어머니가 아닌 창조된 문학적 주인공을 그려낸다는 느낌을 받았다. 인공적으로 고안해낸 주인공, 수많은 색으로 영롱하게 반짝이는 복잡한 인물을. 그리하여 내 진짜 어머니, 죽은 어머니는 사라져갔다. 나는 이제 어머니가 없는 고아다. 어머니에 대해 너무 많이 써버렸기 때문에."*

　나한테 왜 그러느냐, 시간차 공격이냐 등등의 말로 장난 섞인 응수를 하려다 그만두었다. 정말 쓸 거냐는 말에 담긴 언니의 진심을 모르지 않기 때문이었다. 가장 소중한 것을 발설해서는 안된다는 경고, 우리의 가장 아름답고 아픈 비밀을 글로 옮기는 순간 진짜 아빠는 사라져버릴지도 모른다는 염려와 서운함. 내게도 그런 마음이 없을 리 없었다.

　언니가 보내준 문장들은 며칠간 나를 괴롭혔다. 혀를 날름거리는 뱀처럼 금방이라도 저 문장들에 삼켜질 것 같

---

* 　프란시스코 움브랄 『간격의 현존』, 디미트리 베르휠스트의 『사물의 안타까움성』(열린책들 2011)의 서두에 인용된 글귀로, 이 책에 인용된 부분 외에 아직 번역 출간되지 않았다.

았다. 그런데 그 두려움에 맞서는 또 다른 두려움 또한 내 안에서 커져가기 시작했다. 이대로 아무것도 말하지 않으면 내 안에서 아빠가 완전히 사라져버릴지도 모른다는 공포였다. 말해봐야 살아 돌아올 리 없다는 이유로, 헤집어봐야 아프기만 한 상처라는 이유로, 언제부턴가 말하기를 멈추었다. 그사이 아빠는 돌이 되어 심해로 가라앉았고 슬픔이 만든 금기가 되어갔다.

어쩌면 그것이 아빠를 더 외롭게 만든 건 아니었을까. 마땅히 환해야 했을 소풍길에서 우리는 동시에 한 사람을 잃었다. "무언가를 준비하기에는 죽음이 이미 가까이 와 있었"기에, 우리 역시 "너무 긴 칼을 가진 무사처럼 허둥대다가 당했다." 엄마 나이 서른다섯, 언니 나이 열, 내 나이 아홉의 일이었다. 그저 한 사람이 사라졌을 뿐인데 그날 이후 우리의 세계는 잘 익은 수박처럼 쩌억 갈라졌다.

우리 살던 옛집 지붕

이문재

마지막으로 내가 떠나오면서부터 그 집은 빈집이 되었
지만

강이 그리울 때 바다가 보고 싶을 때마다

강이나 바다의 높이로 그 옛집 푸른 지붕은 역시 반짝
여주곤 했다

가령 내가 어떤 힘으로 버림받고

버림받음으로 해서 아니다 아니다

이러는 게 아니었다 울고 있을 때

나는 빈집을 흘러나오는 음악 같은

기억을 기억하고 있다

우리 살던 옛집 지붕에는

우리가 울면서 이름 붙여준 울음 우는

별로 가득하고

땅에 묻어주고 싶었던 하늘

우리 살던 옛집 지붕 근처까지

올라온 나무들은 바람이 불면

무거워진 나뭇잎을 흔들며 기뻐하고

우리들이 보는 앞에서 그해의 나이테를

아주 둥글게 그렸었다

우리 살던 옛집 지붕 위를 흘러

지나가는 별의 강줄기는

오늘밤이 지나면 어디로 이어지는지

그 집에서는 죽을 수 없었다

그 아름다운 천장을 바라보며 죽을 수 없었다

우리는 코피가 흐르도록 사랑하고

코피가 멈출 때까지 사랑하였다

바다가 아주 멀리 있었으므로

바다 쪽 그 집 벽을 허물어 바다를 쌓았고

강이 멀리 흘러나갔으므로

우리의 살을 베어내 나뭇잎처럼

강의 환한 입구로 띄우던 시절

별의 강줄기 별의

어두운 바다로 흘러가 사라지는 새벽

그 시절은 내가 죽어

어떤 전생으로 떠돌 것인가

알 수 없다

내가 마지막으로 그 집을 떠나면서

문에다 박은 커다란 못이 자라나

집 주위의 나무들을 못 박고

하늘의 별에다 못질을 하고

내 살던 옛집을 생각할 때마다

그 집과 나는 서로 허물어지는지도 모른다 조금씩

조금씩 나는 죽음 쪽으로 허물어지고

나는 사랑 쪽에서 무너져 나오고

알 수 없다

내가 바다나 강물을 내려다보며 죽어도

어느 밝은 별에서 밧줄 같은 손이

내려와 나를 번쩍

번쩍 들어올릴는지

마지막으로 내가 떠나오면서부터
그 집은 빈집이 되었지만

아빠는 초등학교 선생님이었다. 엄마는 교대를 졸업하고 처음 부임한 학교에서 아빠를 만났다. 엄마 말에 따르면 아빠는 엄마의 첫 연애 상대였고(맙소사!) 엄마와 아빠가 첫 키스를 한 곳은 학교 뒷동산이었으며(심지어 둥근 달이 떠 있었다고!) 엄마는 그날을 무척이나 낭만적으로 기억하고 있었다. 별이 쏟아졌다고 했던가, 종소리가 들렸다고 했던가. 언니와 나는 "어우" "얼씨구" 짓궂게 키득거리며 둘의 연애담을 들었다. 엄마는 치마가 너무 짧다며 교장 선생님에게 불려가 혼이 나곤 하던 그 구역 패셔니스타였고, 손석희를 닮은, 꽤 미남이었던 아빠가 그런 엄마의 생기와 아름다움을 그냥 지나쳤을 리 없었다. 두 사람은 길지 않은 연애 끝에 결혼에 골인했다. 그 시절 엄마와 아빠는 서로에게 어떤 사랑의 말들을 속삭였을까. 나를 이 세상에 있게 한, 사랑의 기원을 상상할 때마다 심장이 콩닥거리고 코끝이 찡해진다.

두 사람은 성남 은행주공아파트에 신혼살림을 차렸다. 엄마는 처음으로 제 집이 생긴 것에 무척이나 감격하고 행복해했다. 비록 시어머니, 시아버지를 모시고 사는 처지이기는 했으나 언니에 이어 연년생으로 둘째인 내가 세상에 태어난 걸 보면, 두 사람의 사랑이 제법 불타올랐다는 뜻이겠지! 그 시절은 우리 모두에게 호시절이었다. 우리 자매는 그 동네에서 가장 좋기로 소문난 새그린유치원을 다녔고, 집은 언제나 북적북적 따뜻했으며, 계란찜이나 쑥떡 같은, 할머니의 일용할 양식을 받아먹으며 하루가 다르게 포동포동 살이 올랐다. 나는 막내답게 우리집 애교를 담당했다. 삐삐처럼 양 갈래로 머리를 땋고 '검은 고양이 네로' 춤을 추면 모두 환호를 보냈다. 이따금 아빠가 술에 취해 사 들고 오던 해태나 롯데 종합과자선물세트는 얼마나 근사한 선물이었는지! 별로 좋아하지 않던 '샤브레'가 매번 들어 있었지만 말이다.

주말이면 남한산성으로 산책을 가기도 했다. 남한산성 정상에 오르면 아이스크림과 솜사탕을 파는 간이매점이 있었다. 아빠는 운동이라면 질색하는 나를 솜사탕으로 번번이 꾀어냈다. 헉헉거리며 계단을 오르고 나면 사르르 피곤을 녹이는 달콤한 것이 나를 기다리고 있었다. 한번은 어쩐 일인지 솜사탕 아줌마가 보이지 않았다. 어찌나 억울하고 골이 나던지, 그날 아빠에게 일년치 화를 다 낸 것 같다.

그리고 또 어떤 기억들이 있을까. 그 어떤 수식도 필요 없는, 그저 아름다웠다는 말이면 충분할 것 같은 시간들. 어느 누구도 "그 집에서는 죽을 수 없었다." 그 어떤 불행도, 슬픔도 침입해서는 안 되는 단 하나의 집이었기 때문에. 그 집을 떠나면서 우리는 조금씩 깎이고 허물어지기 시작했으리라. 마지막으로 우리가 떠난 뒤에 그 집은 빈집이 되었으리라.

노루

나희덕

마음이 궁벽한 곳으로 나를 내몰아

산속에서 자주 길을 잃었다

달리다 보면 손은 수시로 뿔로 변하고

발에는 단단한 발굽이 돋았다

발굽 아래 무엇이 깨져나가는지도 모른 채

밤길을 달리다 문득 멈추어선 것은

그 눈동자 앞이었다

겁에 질린 초식동물의 눈빛,

길을 잃어버리기는 나와 다르지 않았다

헤드라이트에 놀라 주춤거리다가

도로 위에 쓰러진 노루는 쉽게 일어서지 못했다

저 어리디어린 노루는

산속에 두고 온 스무살의 나인지도,

말없이 사라진 사람인지도,

언젠가 낳아 함부로 버린 사랑인지도 모른다

나는 헤드라이트를 끄고 어둠의 일부가 되어 외쳤다

두려워하지 말아라,

두개의 뿔과 네개의 발굽으로

불행의 속도를 추월할 수는 없다 해도

어서 일어나 남은 길을 건너라

저 울창한 달래와 머루 덩굴 속으로 사라져라

누구도 너를 찾아낼 수 없도록

저 어리디어린 노루는

　오늘은 아빠의 가장 여리디여린 부분을 생각해보기로 한다. 아빠도 복숭아 속살처럼 멍들기 쉬운 피부를 지닌 사람이니까 바람 불면 바람에 긁히고 꽃 피면 꽃잎에 쓸려 쓰라리기도 했을 테지. 하지만 지금껏 나는 아빠의 그런 모습을 몰랐고 어쩌면 보려 하지 않았던 것 같다. 내 기억 속 아빠는 언제나 슈퍼맨처럼 전지전능한 모습을 하고 있었기 때문이다. 육상부 코치였던 아빠(언제나 6학년 언니 오빠들보다 50미터는 앞에 나만을 위한 출발선을 따로 그어주던 자상한 모습이라든가), 손수 책을 만들어주던 아빠(아마도 그 책들이 내게 선물이자 굴레로 남아 시를 쓰는 삶을 살게 된 건지도 모르겠다는 생각을 할 때가 있다), 열이 펄펄 끓는 나를 업고 응급실로 달려가던 아빠…… 하지만 그 모습들은 아빠라는 거대한 우주의 한 부분에 불과했다.

　몇해 전이던가, 가족 모임이 있어 외숙모와 잠시 담소

를 나눌 때였다. 어떤 이야기 끝에 숙모의 입에서 아빠 이야기가 나온 적이 있다. 명절날 밤이 되면 '한(韓)씨 성이 아닌 사람들'끼리 주방 구석에 쪼그려 앉아 소주를 마시곤 했다는 것이다. 며느리와 사위가 한씨들의 실상(?)에 관해 이러쿵저러쿵 안주 삼아 이야기하며 소주잔을 주고받는 모습이라니! 아무리 씨암탉을 잡아 먹이는 '우리 사위'였어도 처가가 마냥 편했을 리는 없다. 잠이 안 와서, 소주 생각이 나서, 어슬렁거리던 이방인들끼리 결성된 한밤의 연합! 외숙모의 이야기는 낯설고도 반가웠다. 내 믿음과 바람이 만들어낸 아빠가 아니라 진짜 아빠의 얼굴을 들여다본 것 같았기 때문이었다.

그건 아빠의 "어리디어린 노루"였겠지. 얘야, 넌 어쩌다 길을 잃고 여기까지 흘러온 거니. 그날 나는 아빠의 노루를 멀리까지 배웅해주었다. 길을 잃거나 덫에 걸리지 말고 멀리멀리 가기를 빌었다.

요즘도 버스를 타고 흔들흔들 흔들릴 때면 이따금 그 노루 생각에 사무칠 때가 있다.

블루베리

이근화

아버지의 스물일곱과 만났다

가슴이 떨렸고

울음이 솟구쳤다

도륙의 방에서였다

젊었고 안타까웠고

빗줄기가 은화처럼 쏟아졌다

검은 개가 문을 지키고 있었다

발자국이 투명해졌지만

젊은 아버지 곁으로 갈 수가 없었다

나의 두 귀를 던져주고

아버지의 스물일곱을 잡으려 했다

눈사람이 검은 입술로 노래를 했다

이토록 추운 스물일곱

이토록 따가운 스물일곱

개가 나무에 매달렸다

검은 두 눈알이 쏟아졌다

아버지의 젊음이 호주머니 속에서 사라졌다

아버지의 스물일곱과 만났다

아빠는 언제 아빠가 되었을까. 자식이 태어났다고 해서 저절로 아빠가 되는 것은 아닐 텐데. 아빠의 젊음, 아빠의 좌충우돌, 아빠의 우여곡절을 떠올리는 일은 그래서 가슴 떨리고 울음이 솟구치는 일.

아빠가 아빠가 되었을 때의 나이. 어느덧 내가 그 나이가 되고 보니 안 보이던 풍경들이 조금은 보이기 시작한다. 어릴 때는 아빠가 마냥 책을 좋아하는 '지적인' 사람인 줄로만 알았는데, 아빠가 탐독하던 책이 사실은 '무협지'였다는 것을 알게 되었을 때의 배신감(!)이라든지. 다섯살 무렵, 아빠가 근무하던 초등학교의 병설유치원을 다닐 때, 아빠와 둘만의 시간을 보내는 것이 마냥 행복하고 좋아서, 우리 아빠는 참 가정적인 사람이구나 내내 따뜻하게 간직해왔는데, 알고 보니 아빠가 술을 먹고 늦게 귀가하는 날이 잦아서 엄마가 나를 볼모로 잡아둔 것임이 탄로났을 때의 충격(!)이라든지. 아빠의 봄, 아빠의 장발, 아빠의 대

123

학 노트, 아빠의 엠티와 모닥불은 얼마나 생생한 것이었을까, 아빠의 스물일곱, 아빠의 회색 양복과 금테 안경, 아빠의 졸업식과 첫 출근, 생각할수록 사라져가는, 사라져 없는 그 시간이 블루베리 알갱이처럼 와르르 눈앞으로 쏟아져 온통 얼룩이 되는 날이 있다.

비둘기호

김사인

여섯살이어야 하는 나는 불안해 식은땀이 흘렀지.

도꾸리는 덥고 목은 따갑고

이가 움직이는지 어깻죽지가 가려웠다.

검표원들이 오고 아버지는 우겼네.

그들이 화를 내자 아버지는 사정했네.

땟국 섞인 땀을 흘리며

언성이 높아질 때마다

나는 오줌이 찔끔 나왔네.

커다란 여섯살짜리를 사람들은 웃었네.

대전역 출찰구 옆에 벌세워졌네.

해는 저물어가고

기찻길 쪽에서 매운바람은 오고

억울한 일을 당한 얼굴로

아버지는 지나가는 사람들에게 하소연하는 눈을 보냈네.

섧고 비참해 현기증이 다 났네.

아버지가 사무실로 불려간 뒤

아버지가 맞는 상상을 하며

찬 시멘트 벽에 기대어 나는 울었네.

발은 시리고 번화한 도회지 불빛이 더 차가웠네.

핼쑥해진 아버지가 내 손을 잡고

어두운 역사를 빠져나갔네.

밤길 오십리를 더 가야 했지.

아버지는 젊은 서른여덟 막내아들 나는 홑 아홉살

인생이 그런 것인 줄 그때는 몰랐네.

설 쇠고 올라오던 경부선 상행.

아홉살, 인생이 그런 것인 줄
그때는 몰랐네

아빠를 잃고 몇번의 이사를 거친 끝에 의정부에 터를 잡았다. 지금까지도 15년째 살고 있는 의정부 집은 우리 세 식구를 보듬는 포근한 안식처이다. 옆집에도 자매가 산다. 처음 이사 왔을 땐 아주머니 배 속에 있던 첫째가 이젠 교복을 입은 어엿한 숙녀가 되었으니, 시간의 무서움을 알 만하다. 불쑥불쑥 자라 있는 그 녀석들을 볼 때마다 아직 젊은(!) 내가 격세지감을 느낀다고 말하면 꿀밤 맞을 소리겠지만.

한번은 엘리베이터 앞에서 꼬마 숙녀들을 만난 적이 있다. 반가운 마음에 "안녕! 유치원 가니?"라고 말을 걸었는데, 첫째가 대뜸 "전 초등학생이에요"라며 쏘아붙인다. 이젠 나도 어리지 않다는 당돌함이 섞인 말투다. 그럼 올해 몇살이 되었느냐고 묻자 아홉살이란다. "그래, 아홉살이라 이렇게 의젓하구나. 다 컸네, 다 컸어!" 잠깐의 대화 끝에 엘리베이터는 1층에 멈춰 섰다. 아이들이 먼저 자리를 떠나고 엘리베이터 문이 닫힐 때까지 나는 홀로 기억의 맹공격을 받고 있었다. 서러움이 쇠사슬처럼 나를 꽁꽁 죄어오기 시작했다. 아홉살의 키와 아홉살의 얼굴과 아홉살의 옷차림과 아홉살의 머리모양을 유심히 살피며, 죽음을 감당하기에 아홉살이라는 나이는 말도 안되게 어린 나이라는 것을 다시금 깨달았다.

내 아홉살의 어느 날, 막내 이모는 우리에게 아빠가 돌아가셨다는 말을 전하기 위해 어린 자매를 병원 근처 김밥 집으로 데려갔다. 충격으로 정신없는 엄마를 대신해서 어린 자매를 챙기느라 속이 말이 아니었을 것이다. 그날 이모가 어린 우리에게 죽음을 이해시키기 위해 어떤 말들을 했던가. '아빠가 어디 멀리 여행을 가셨어, 당분간은 아빠를 못 볼지도 몰라, 그래도 울지 말고 씩씩하게 지내야 한다' 같은 말들이었을 테지. 김밥을 앞에 두고 이모가 건네는 말을 나는 절반도 이해하지 못했다. 그저 내 앞에 놓인 김밥이 따뜻하고 맛있어서, 이모 말은 듣는 둥 마는 둥 한 접시를 전부 비웠을 뿐이다. 그게 무슨 김밥인지도 모르고 맛있게 먹는 모습을 보면서 이모는 얼마나 가슴이 미어졌을까. 그리고 나는 왜 이제와 그런 것들까지 주섬주섬 슬퍼지는지.

죽음을 받아들이기 좋은 나이는 몇살일까 생각한다.

물론 그런 나이는 영영 오지 않을 것이다.

뱀이 된 아버지

박연준

아버지를 병원에 걸어놓고 나왔다

얼굴이 간지럽다

아버지는 빨간 핏방울을 입술에 묻히고

바닥에 스민 듯 잠을 자다

개처럼 질질 끌려 이송되었다

반항도 안하고

아버지는 나를 잠깐 보더니

처제, 하고 불렀다

아버지는 연지를 바르고 시집가는 계집애처럼 곱고

천진해 보이기까지 했다

나는 아버지의 팥죽색 얼굴 위에서 하염없이 서성이다

미소처럼, 아주 조금 찡그리고는

고개를 들어 천장을 지나가는 뱀을 구경했다

기운이 없고 축축한— 하품을 하는 저 뱀

나는 원래 느리단다

나처럼 길고, 아름답고, 축축한 건

원래가 느린 법이란다

그러니 얘야, 내가 다 지나갈 때까지

어둠이 고개를 다 넘어갈 때까지

눈을 감으렴

잠시,

눈을 감고 기도해주렴

팥죽색 얼굴 위에서 하염없이

친구를 만나러 나왔다가 약속시간이 조금 남아 근처 서점을 찾았다. 그림책 서가를 거닐다 우연히 집어든 책의 제목은 『내가 개였을 때』*. 몸의 나이는 스물다섯이지만 정신 나이는 다섯살인 토토가 엄마의 죽음을 겪는 이야기였다. 유일한 피붙이인 동생마저 바보 형을 감당할 수 없다며 떠나버리고 홀로 남은 토토는 기르던 개 델핀느와 함께 '개처럼' 살아간다. 스토리를 요약하자면 이렇게 한두 줄이면 되는 이야기지만, 행간에 담긴 슬픔은 거대했다. 개처럼 살았다는 말. 이 세상에 개처럼 살아가기 위해 태어난 존재는 없다.

몸은 어른처럼 크지만 마음은 겨우 다섯살인 토토는 엄마의 죽음을 이해하지 못하기에 엄마가 장난을 친다고 생각했다. "엄마는 너무나도 투명해서 이불 속에 있는 모

---

* 루이즈 봉바르디에 글, 카티 모레 그림, 씨드북 2017.

습이 보이지 않았어요"라거나 "엄마는 빈 침대인 것처럼 굴었어요"라는 표현들은 너무나 서늘하게 아름다워서, 책을 덮고 난 뒤에도 내 안에서 애벌레처럼 나를 갉았다. 아홉살의 나 역시 죽음을 이해하지 못했다. 먼 곳으로 여행을 떠났다던 아빠의 귀가가 늦어지고 아빠가 빈 침대인 것처럼 구는 동안 나는 어떤 마음으로 그 시간들을 건너왔을까. 분명한 건 우리 가족들은 그 시간을 통과하기 위해 각자의 슬픔을 꽁꽁 묶고 가두어서 저마다 외딴섬이 되는 방법을 택했다는 사실이다.

어린 나의 기억 속엔 한밤중 거실에서 아빠 사진을 앞에 두고 흐느끼는 엄마가 있고, 완전히 닫히지 않은 문틈 사이로 스며들던 빛이 있다. 몸을 일으켜 밖으로 나갈 수도, 그렇다고 못 들은 척 다시 잠들 수도 없던 그때, 나를 가장 두렵게 한 것은 바로 그 빛, 빛이었다. 빛은 참혹한 울음소리와 함께 찾아오는 것이었고, 어둠속에 안전히 숨어 있던 나를 기필코 찾아냈으며, 흉기를 든 강도처럼 나를 위협했다. 고통은 날마다 몸집을 불려갔다. 엄마는 산으로 바다로 밤낮없이 헤매었고 교통사고로 죽음의 문턱에서 살아 돌아오기도 했다. 병실 침대에서 환자복을 입은 엄마를 끌어안고 꾸던 꿈. 그 서글픈 밤들이 살을 뚫고

핏줄을 뚫고 내 몸 세포 하나하나에 스미는 동안 내 키도 무럭무럭 자라났다.

아빠는 산에서 돌아가셨다. 때 이른 봄 소풍에 나선 우리 가족은 갑작스레 내린 눈에 길을 잃고 고립되었고, 어떻게든 길을 찾아보겠다고 떠난 뒷모습이 아빠의 마지막이었다. 입관 전, 아빠를 보겠느냐고 누군가 물었고 어린 나는 고개를 저었다. 어른들을 따라가면 무서운 장면이 펼쳐질 것 같은 예감이 들어서였다. 만약 그때 아빠의 마지막 모습을 보았다면 어땠을까. "아빠의 팥죽색 얼굴 위에서 평생을 하염없이 서성이"는 사람이 되었을까.

그 시절 내 마음은 개처럼 멍멍 짖었다. 그저 멍멍 짖는 것 외엔 마땅한 언어를 찾지 못한 슬픔이 방에서 세상으로 무섭게 세력을 넓혀가던 날들이었다.

지익

박소란

내 아버지가 나고 자란 마을에선 저녁을 지익이라고 부르지

야야 지익 묵구로 인자 고마 들온나, 할머니 정지 앞에서 손짓하면

순하게 누운 하늘과 땅 그 맞닿은 속살 어디쯤에선가 지익— 지익—

땅거미가 낡은 신발 뒤축을 끌며 오는 소리

상고 졸업반 아버지가 책가방 대신 지게를 지고 마당 문을 여는 소리

풀물이 든 교복 어깨 위 지고 든 한짐 장작이

빈 아궁이 속 군불로 타오르고 굴뚝 위 녹녹한 연기로 피어오르고

여물 끓는 냄새가 어미 소의 오므라진 배를 채우는 내

외양간 흙벽에 등을 고인 아버지는

동산 너머 펄펄 고동쳐가는 열차의 박동에 한없이 귀

를 주곤 하였지

　대처로 나간 어린 누이들 밤마다 재봉틀 위에 기워낸
다는 순흑빛

　꿈, 그 어슷한 기망을 곱싸박듯 읊조리곤 하였지

　새끼의 등을 핥던 어미 소 물기 어린 두 눈을 끔벅일
때면

　어느새 자욱이 밀려드는 지익― 지익―

　낯모를 슬픔이 마음의 여린 뺨들을 할퀴는 소리

　할퀴인 자리마다 여문 어둠이 촘촘히 수놓이는 소리

　야야 고마해라 지익 다 됐다, 하면

　마루 위 한상 가득 내려앉은 달큰한 지익은 그만

　밥이 되고 약이 되었네 눈시울을 훔치며 달려와

　말없이 숟가락을 든 젖은 손등 위 한줄기 우직한 심줄
에도

　막 새살이 오른 듯 뜨거운 빛이 돌았네

내 아버지가 나고 자란 마을에선

우리 아빠의 고향은 강원도 원주. 아빠가 묻힌 곳도 강원도 원주. 아빠가 나고 자란 마을은 큰길가에서 차를 타고도 한참을 들어가야 하는 깊은 곳. 더이상 차가 들어갈 수 없는 곳에 이르면, 차에서 내려 개울을 건너 언덕을 올라야 했다. 그렇게 한참을 걸려 찾아가면 작은 초가집 한 채가 나타났다. 집 앞으로 어린아이가 건너뛸 수 있을 정도로 좁은 시냇물이 흘렀고 그 너머엔 할아버지 무덤이 있었다. 지금은 폐가가 된 지 오래지만 십오륙년 전만 해도 할머니가 홀로 농사를 지으며 그곳에 사실 때가 있었다. 화장실이라고 해야 넓은 돌 두개를 발받침으로 내려놓은 게 다였고, 그 옆으론 볏짚이 잔뜩 쌓여 있었다(일을 보고 난 뒤엔 볏짚으로 슬며시 덮어놓는 시스템이었다). 아궁이가 있는 부엌에서 가마솥에 밥을 짓고 흙벽으로 된 좁은 방엔 돌려 끼우는 백열전구가 간신히 밤을 밝히는 곳이었다.

내게 그런 시골집이 있다는 건 은근한 자랑거리였다. 고등학교에 다닐 무렵 친구들에게 나의 '시골집'을 소개하며 대학생이 되면 함께 놀러 가자고 한 적도 있다. 학부모 모임 날, 엄마는 다른 친구의 엄마에게서 "희연이네 시골집이 깡촌이라면서요? 아직도 아궁이에 불 때는 집이 있어요?"라는 말을 들었다고 했다. 가난이 무슨 자랑이냐며 엄마는 너무 부끄러웠노라 말했지만 내겐 애틋하기만 했다. 그곳이 번지르르한 양옥집이 아니어서 더 좋았다. 엄마도 만나본 적 없는 한 소년이 그곳에 있었으니까.

그 소년은 그 깊디깊은 시골집에서, 밤마다 쏟아지는 별을 보며 어떤 꿈을 꾸었을까. 아침이면 시냇물에 세수를 하고 밤이면 개구리 울음소리를 들으며 어떤 사랑을 꿈꾸었을까. 선생님이 되고, 한 여자를 만나 황급히 사랑에 빠지고, 두 딸의 아빠가 될 줄 알고 있었을까. 그러나 그 행복을 오래 누리지 못하고 그토록 젊은 나이에 세상을 하직하게 되리라는 것을, 몰랐겠지. 몰랐겠지.

아빠 산소로 가려면 그 시골집을 지나야 한다. 지금은 시골집 뒤편으로 차가 다닐 수 있게 길이 났고 할아버지 산소는 수목장으로 이장했으며 시냇물은 완전히 말라버렸다. 언니와 나는 그곳에 갈 때마다 카메라를 꺼내 집 사진을 찍는다. 엄마는 으스스하게 폐가 사진을 뭐 하려고 찍느냐 핀잔이지만, 우리가 찍는 것은 폐가가 아니다. 온기로 가득한, 할머니 품에 안겨 잠들던, 아빠의 유년이 녹아 있는, 측량할 수 없이 깊은 곳. 그렇다, 우리가 찍는 곳은 한없는 사랑의 집이고 눈이 맑은 소년의 집이다.

당신의 얼굴

김언희

당신의 얼굴이

치익

켜진다 성냥불처럼

내 눈동자에 박힌 심지가 타들어간다

망막이

지글지글 끓는다

눈에 붙은 이 불이

다 타는

순간까지가 나의 사랑이라고

하나 남은 눈동자에, 마저

불을 붙일 때

치익

켜진다

당신의 얼굴

눈에 붙은 이 불이 다 타는
순간까지가 사랑이라고

당신에게도 그런 얼굴이 있는가. 생각만으로도 속이 들 끓기 시작하는 얼굴. 마주하면 "눈동자에 박힌 심지가 타 들어"가듯 나라는 존재 자체를 덮쳐오는 무시무시한 증오 의 감정.

대학 때, 막 시를 읽고 쓰기 시작할 무렵이었을 것이다. 내겐 도서관 5층에 가면 언제고 항상 그 자리에 앉아 있 는 친구가 있었다. 도서관 5층은 정기간행물 열람실이었 고 도서관에서도 가장 한적한 곳이었는데 그중에서도 서 가 깊숙이 파묻힌, 창 없이 면벽하는 자리가 그녀의 차지 였다. 그 친구와 나는 몇가지 공통점이 있었다. 시와는 전 혀 상관없는 전공을 가졌다는 것, 학과 공부는 뒷전이고 날마다 도서관에 틀어박혀 책에 삼켜질 것처럼 하루하루 를 보냈다는 것 등. 나는 쓰려는 사람이고 그녀는 읽으려 하는 사람이라는 차이는 있었으나 우리가 친구가 된 건

예견된 결말이었던 것 같다. 문학은 우리를 각별하게 만들었다. 나는 가끔 시를 써 그녀에게 보여주었고 그녀는 그런 나를 무조건 지지해주곤 했다.

"그래서 넌 왜 그렇게 책을 읽는 건데?" 한번은 책에 코를 박고 있는 친구에게 단도직입적으로 물어본 적이 있다. 친구는 "그냥 내 쪽에서 도망친 거지 뭐. 죽이고 싶을 만큼 미운데 못 죽여서"라고 말하며 씁쓸하게 웃었다. 죽이고 싶은 마음으로 읽는 책이라니, 내심 놀라기는 했지만 내색은 하지 않았다. 나중에야 그 미움의 대상이 아버지를 지칭하는 것임을 알게 되었고 두 사람 사이의 감정의 골이 회복 불가능한 지경에 이르렀다는 데 동의했다. 나는 '어차피 세상은 혼자 사는 거야' '스무살이면 부모 그늘에서 벗어날 때도 됐지' 응수하며 그녀의 독립을 응원했지만 돌아서면 우두커니 서서 상상해보곤 했다. 아빠가 지금 살아 계셨더라면 어떤 모습이었을지. 우리도 그렇게 지독하게 싸웠을까. 사랑이라는 이름으로 족쇄를 채운다고 생각했겠지. 서로를 답답해하느라 꽤 많은 날들을 허비했을 것이다. 세상 모든 아빠와 딸, 세상 모든 부모 자식이 그러하듯이 말이다.

그 무렵 우리는 아빠라는 존재가 '없어서 슬픈 것'과 '있어서 괴로운 것' 중 어느 쪽이 저울에 더 무겁게 달릴까를 질문하며 실비아 플라스의 시 「아빠」를 함께 읽었다. "아빠 나는 당신을 죽여야 했지." "내 예쁜 붉은 심장을 두 개로 찢어놓은 악마." "아빠, 아빠, 이 개자식, 나는 다 끝났어."* 친구는 이 시에 유난히 공감했고 붉은 펜으로 밑줄을 그어가며 칭찬을 아끼지 않았지만, 어떤 시를 읽어도 확대경을 든 듯 누군가의 빈자리만 커 보이던 나로서는 그 무지막지한 증오의 대상이 다름 아닌 아버지라는 사실이 마냥 슬펐다. 물론 실비아 플라스의 시에 등장하는 아버지는 생물학적 아버지를 넘어 세계에 만연한 폭력과 어둠, 일그러진 권력 자체를 상징하지만, 마땅히 사랑이 샘솟아야 할 장소가 이미 군홧발로 더럽혀졌다는 사실 자체만으로도 상처가 되기엔 충분했다.

그때의 우리는 너무나 여리고 어렸기에 '아버지'라는 단어와 '용서'와 '화해' 같은 단어를 연결 지을 생각 같은 건 하지 못했다. 오른뺨을 맞고도 왼뺨을 자진해 내어줄

* 『실비아 플라스 시 전집』, 마음산책 2013

수 있는 사람이 이 세상에 얼마나 되겠는가. 친구는 여전히 혼자 살아가고 있으며 아빠라는 말만 꺼내도 치를 떤다. 이유가 왜 없겠냐마는 구구절절 설명하기도 어렵다. 모든 것이 이유이기도, 어느 것도 진짜 이유는 아니기도 하니까. 그런데 또 후회나 깨달음은 와락 찾아오는 것이어서, 이제는 "눈에 붙은 이 불이/다 타는/순간까지가" 실은 "사랑"이라는 말을 조금은 이해할 수 있을 것 같다. 따지고 보면 한 인간의 삶이 거기까지 흘러간 것이 어찌 한 사람만의 탓이겠는가. 나는 사랑이 언제 어떻게 악몽으로 둔갑하는지를 천천히 생각해보았다. 죽이고 싶을 만큼 밉다는 것은 그만큼 지독하게 사랑했던 적이 있다는 뜻이기도 했다.

영국의 소설가 도로시 세이어즈는 용서가 무엇인지 이해하려면 먼저 용서가 무엇을 하는지를 알아야 한다고 말한다. 용서는 죄의 결과를 없애주지 않으며 벌을 면제해주는 것을 뜻하지 않는다는 것이다. 그렇기에 그녀는 누군가를 용서해야 하는 순간이 온다면 '네 죄가 용서받았다'라고 말하는 대신 '일어나서 걸어가라'라고 말하기를 청한다.** 나를 상처 입힌, 죽이고 싶을 만큼 미운 사람을 향해 일어나 걸어가라고 말하는 것이 얼마나 가파른 사랑인지 모르지 않는다. 하지만 당신은 이미 알고 있기도 하다. 창과 방패처럼, 팽팽하게 맞서는 미움이 있어 또 다른 사랑은 태어나고 사랑은 또 사랑을 낳는다는 것을.

그러니 세상 모든 아버지들이여, 일어나 걸어라. 그리고 친구여, 당신도 당신의 삶을 그만 일으켜 세우고 뒤돌아보지 말고 걸어라. 두개의 평행선처럼, 따로 또 같이.

** 도로시 세이어즈와 관련된 부분은 『천천히, 스미는』(봄날의책 2016)을 참조했다.

기차, 바퀴, 아버지

최정례

애야, 기차가 있다

방 가운데 구부려 누운

이제 바퀴 구르는 소리도 식어

누워버린

누구겠니

애야, 나무를 타고 오르던 바람을

결국 나무를 뽑아버리고

함께 나가떨어진 천둥번개를

기억하니

늙었으나 또한 어린 왕이 있었다

부자였으나 아주 남루한 거지가 있었다

사나웠으나 아주 여린

애야, 기차가

봐라, 숨차게 달리다, 바퀴들

어떻게 널브러져 있는지

아무도 만지지 못하게 해라

만지면 만지면

날아가버릴지도 몰라

폭삭 주저앉고 말 거다

얘야, 그러나, 저 소리

제멋대로인, 난폭한, 울보인

환하게 불을 켜고 달리는

기억하니

얘야, 이것이 그냥 늙어 쓰러진

기차겠니

어디를 돌아 돌아 왔겠니

얘야, 왕이란 녹슨 바퀴를 품고 있다

저 소리, 덜컹이며

끝없이 굴러가고 싶어하는 저 소리

얘야, 이것이 그냥 늙어
쓰러진 기차겠니

아빠에게도 아빠가 필요한 순간이 있었겠지. 내가 이 아이들의 아빠이자 한 가정의 가장이라니, 거리를 걷다 말고 멍하니 하늘을 올려다보며 내가 어쩌다 여기까지 흘러왔을까 생각하는 저녁이 있었겠지. 가슴에 얹힌 돌을 꺼내 버릴 수 없어 숨죽여 울던 날들. 생활은 가도 가도 부족한 것이어서, 품에 든 사표를 꺼내려다 몇번이고 마음을 고쳐먹는 동안 해가 지고 계절이 바뀌었겠지. "제멋대로인, 난폭한, 울보인" 모습을 들키지 않으려고 아빠는 매일 밤 어디까지 도망쳤을까. 아빠의 골목을 찾아가 환한 조명을 켜주고 싶어진다.

몇해 전 안산에서 만난 한 아버지는 늘 아이 사진을 가슴에 품고 다닌다 했다. 외투 안주머니에 담긴 아이 사진은 얼굴을 알아볼 수 없을 만큼 흐릿했지만, 아버지 눈엔 아주 선명히 보인다 했다. 신원 확인을 위해 바다에서 막 건져올렸을 때의 모습을 찍어둔 것이었다. 그곳엔 그런 사진이 아주 많았다 했다. 번호 붙여진 죽음이 너무 많아서 하루가 백년처럼 흘렀다 했다. 나는 아버지를 여읜 아이가 늙는 시간과 자식을 앞세운 아버지가 늙는 시간, 둘 중 누구의 시간이 더욱 느리게 흐를 것인가 생각해보았다. 섣불리 답을 내릴 순 없었지만, 아버지가 늙기 위해 필요한 시간은 단 하루면 충분했으리라는 건 분명해 보였다.

신부 입장

신미나

날계란을 쥐듯

아버지는 내 손을 쥔다

드문 일이다

두어 마디가 없는

흰 장갑 속의 손가락

쓰다 만 초 같은 손가락

생의 손마디가 이렇게

뭉툭하게 만져진다

쓰다 만 초 같은

　　결혼을 준비하는 동안 엄마와 정말 많이 싸웠다. 지금은 언제 그랬느냐는 듯 다 잊어버리고 누가 봐도 사이좋은 모녀 사이로 돌아왔지만 그땐 사소한 것 하나까지도 예민하지 않은 것이 없었다. 선택의 순간들이 하루에도 몇번씩 찾아왔다. 그중에서도 가장 나를 고민에 빠뜨린 건 이런 것들이었다. 청첩장에 아빠의 이름을 적느냐 적지 않느냐, 신부 입장을 할 때는 누구의 손을 잡고 들어가느냐 같은 문제들. 누구는 청첩장에 고인의 이름은 적지 않는 것이라 하고, 누구는 그런 법도 같은 건 없다고, 그냥 네 마음 가는 대로 하면 될 일이라고 했다. 아무도 신경 쓰지 않을 것 같은 이런 사소한 일들을 고민하느라 며칠씩 잠을 설치곤 했다. 지금 와서 생각해보니 결정이 어려웠기 때문이라기보다는 아빠 없이 인생의 큰 관문을 통과해야 한다는 것이 두렵고 아빠의 빈자리를 나날이 실감해야 하는 것이 버거웠기 때문인 것 같다.

결혼을 몇 달 앞두고 예비 신랑과 우리 가족이 다 함께 아빠 산소를 찾았던 날이 생각난다. 전혀 생각지도 못했는데 신랑은 커다랗고 흰 꽃다발을 들고 와 나를 놀라게 했다. 아빠에게 드릴 선물이라고 했다. 우리는 간소한 차례상을 차려 아빠에게 인사를 건네고 과일을 까먹으며 담소를 나누었다. "이건 내 나무고 저건 언니 나무야. 아빠에게 올 때마다 내 나무가 얼마나 자랐는지 키를 재보곤 했는데, 언니 나무는 양지에 있어 쑥쑥 자라는데 내 나무는 음지에 있어 늘 제자리인 게 속상했어." 그날은 신랑에게 내 어린 마음을 마음껏 꺼내 보였다. 지난 이십 년의 세월이 고스란히 아로새겨져 있는 나무 앞에서였다.

이윽고 슬슬 자리를 정리하고 일어설 때였다. 신랑은 가장 마지막까지 아빠 산소를 이리저리 살피더니 잠시 손을 가지런히 모으고 눈을 감은 채로 무어라 중얼거렸다. 그 말, 알 수 없지만 어쩐지 다 알 것 같은 말. 사위의 따뜻한 마음은 아빠에게도 분명히 전해졌으리라.

그 순간 지금껏 아빠 산소를 찾았던 날들이 스쳐 지나갔다. 울며 왔다 울며 돌아간 적도 많지만 언제부턴가 아빠 산소로 오는 길이 캄캄하게만 느껴지지는 않았다. 되레 그날은 우리 가족의 소풍날이기도 했다. 아빠 산소에 들러 강릉 바다를 보러 가거나 새로 생긴 '뮤지엄 산'에 들러 제임스 터렐의 작품에 감탄하다 보면 시간에는 미움을 녹이는 힘이 있음을 인정하게 됐다.

그러나 죽음으로 인한 상실감은 영원한 것이기도 하다. 고민 끝에 청첩장에는 고인의 이름을 넣었고, 결혼식 당일에는 신랑과 손을 잡고 입장했다. 신랑의 손은 듬직하고 따뜻했지만 그래도 속으론 얼마나 바랐는지 모른다. 아빠가 잠깐이라도 살아 돌아와 내 손을 잡아주기를. "쓰다 만 초 같은" 손이라도 좋으니, 어느 누구도 아닌 아빠가, 단 하나뿐인 나의 아빠 안교진 씨가 누구보다 필요한 날이었다.

젖은 옷을 입고 다녔다

신용목

자고 나면 집에 물이 흥건했다 매번 꿈속에서 아버지를 쏟았다, 차라리 깨질 것이지
들여다보면 어느새 가득 차 있는 물동이

물동이를 이고 다닐 수는 없었다 아버지는 집에 있어야 했다 젖은 옷이 내내 달라붙었다

나무들은 또 자라 빨래처럼 비를 맞았다 물동이에 대고 꽉 짜, 아랫목에 널어주고 싶었다 자고 나면

엎질러진 물동이 차라리 마시고 싶었다 소화되는 아버지 배설되는 아버지
돌아서면 웅웅 귓전에 바람소리

우는 것들은 속이 비어 있다, 파이프를 돌리면 나는 소리

누가 아버지를 잡고 빙빙 돌리는 모양이었다 아버지 아
버지 아버지 물동이에 머리를 박고 물어도 대답하지 않았
다

　왜 한 나무의 잎들은 모두 같은 빛깔이며
　왜 한 나무의 가지는 모두 다른 방향인지

　자고 나면, 젖은 옷을 입은 집들이 줄지어 어디론가 가
고 있었다

매번 꿈속에서 아버지를 쏟았다

　그리움이 적어서는 아닐 텐데 아빠가 꿈에 찾아온 적은 거의 없다. '거의'라는 표현을 쓴 건 시간의 침식을 겪으며 기억에서 지워졌을 가능성이 존재하기 때문이다. 어쨌든 성인이 되고 나서 꿈에서 아빠를 본 기억은 한번뿐이다. 가끔은 내 그리움이 부족했던 것은 아닐까 스스로를 탓해보기도 하고, 딸이 보기 싫어 멀리멀리 도망 다니는 건 아닌지 애꿎은 아빠를 원망해보기도 한다.

　그래서 나는 '꿈속에서 아버지를 쏟는 사람'이 부럽다. 할아버지가 돌아가시고 얼마 뒤, 엄마는 할아버지가 보고 싶다며 갑자기 울음을 터뜨렸다. 단순한 의성어가 아니라 문자 그대로 '엉엉' 한바탕 오열하듯이 울었던 것인데, 방금 전까지 아무 기척도 없던 방에서 갑자기 큰 소리가 나서 화들짝 놀랐더랬다. 텅 빈 방에 홀로 앉아 아이처럼 울고 있을 엄마를 떠올리는 내내 등줄기가 서늘했다. 정말이지 그리움은 흔하디흔한 돌부리처럼 사방에서 우리를 걸어 넘어뜨리는구나, 죽음으로 인한 상실감은 예상보다 엄중하고 뜨거운 것이구나, 그런 생각들이 차례로 떠올랐다 가라앉았다. 그러나 무엇보다 나를 무력하게 한 건 이제 엄마에게도 아빠가 없다는 사실 그 자체였다. 이제 엄마에게도 아빠가 없다. 부를 수 있고 만질 수 있는 아빠가 없다. 그 분야에 있어서는 내가 경험자고 선배였다.

나는 엄마의 방문을 열고 괜찮은지 묻거나 서툰 위로를 건네는 대신, 엄마가 충분히 울도록 두었다. 이윽고 엄마는 언제 그랬느냐는 듯 스르륵 잠이 들었다. 그 울음에 할아버지가 답장을 한 것일까. 며칠 뒤 엄마는 꿈에서 할아버지를 보았다 했다. 어떤 꿈이었는지는 묻지 않았다. 엄마에게도 할아버지와 둘만의 비밀이 필요할 것 같았기 때문이다. 다만 나는 멀찌감치 서서, 물동이에 머리를 박고 "아버지, 아버지, 아버지" 애타게 불러댔을 엄마를 상상했다. 흘러넘칠 뿐 깨지지 않는 물동이. 언제나 물로 흥건한 집. 이제 엄마도 젖은 옷을 입고 다니는 사람이 되었다는 게, 자꾸만 서러워지는 봄날이었다.

여름 한때

젊고 아름다운 남녀가 있었다

그들은 내 부모였다

나는 그것이 극 중이라는 걸 알았고

밝고 활기차 보이는 아버지에게 어리광을 부리다가

내 손톱에 찔려 화가 난 것을 보았다

극이 중단될까 두려워진 나는 사과하고 또 빌었다

사랑스러운 아이가 되고 싶었지만

말 한마디 하는 것이 조심스러워 눈치만 보았다

그들과 나는 소풍을 갔는데 햇빛이 눈부셨는데

하나도 행복하지 않았다

하지만 극 중이니까

아무도 눈치채지 못하길 바랐고

애써 웃으려고 했는데 나도 모르게 울고 말았다

극은 계속 진행되었다

사랑스러운 아이가 되고 싶었지만
눈치만 보았다

너무 일찍 자라버린 아이들이 있다. 그들은 "사랑스러운 아이가 되고 싶었지만/말 한마디 하는 것이 조심스러워" 어른들의 눈치를 살핀다. 넌 참 성숙한 아이이구나. 넌 어쩜 그리 애어른 같니. 우리 자매는 언제나 그런 말들을 들어왔다. 칭찬의 의도도 없진 않았겠지만 그 말들이 우리를 찌르지 않았다면 거짓이다. 그래도 나는 막내라는 이유로 마음껏 어리광 부리고 제멋대로 행동한 적도 많았지만 언니는 달랐다. 아버지가 부재하는 집에서 누군가는 아버지 역할을 해야 했고, 그건 늘 언니의 몫이었기 때문이다. 희진아, 화장실 전구 나갔다. 희진아, 보일러가 고장 난 것 같아. 희진아, 엄마가, 가스 불을 켜놓고 나온 것 같은데 어쩌지. 희진아, 희진아, 희진아. 언니는 음식점의 벨 같은 존재였고 부르면 어디서든 나타났으며 어떤 일이든 척척박사처럼 해결해야만 했다. 언니가 그렇게 스스로의 얼굴을 지우고 엄마의 남편이자 동생의 아빠로 살고자

한 세월이 길어지면서 정작 자신의 슬픔을 돌보는 일에는 서툴러진 것 같다. 언니는 슬픔조차도 내게 새치기당하는 기분이었을 것이다. 언제나 한발 앞서 울고 있는 동생 앞에서 제가 더 크게 더 서럽게 울 수는 없었을 테니까.

어느 날 밤 언니에게서 온 문자 메시지는 그래서 아팠다. "나는 아빠한테 쪼르르 가서 안아달라고 못한 게 후회 돼." 나는 적절한 말을 고르지 못해 썼다 지우다를 반복하다 결국 "ㅎㅎㅎ"라고 적어 보냈다. 말보다 침묵이 더 편해서, 마음 안에 해결되지 못한 뭔가가 있어서, 쑥스럽고 서툴러서, 다음이 영원할 거라고 생각해서, 우리는 끝내 말하지 못한다. 사랑한다. 고맙다. 미안하다. 서운하다. 그 아무것도 아닌 말들을. 그런데 죽음으로 인한 이별은 그 모든 사랑의 가능성을 앗아간다. 그러니 반걸음만, 아니, 반의 반걸음만 나아가보면 안될까. 곧 여름이니까. 여름은 뜨거우라고 있는 계절이니까.

"애써 웃으려고 했는데 나도 모르게 울고 말았"다던 아이야, 이제 네 자신의 슬픔을 돌보아주렴. 어리광, 어리광을 부려보렴. 그래도 된단다, 아이야.

돌의 정원

안희연

아이가 찾아왔습니다

나를 열고

여긴 더이상 식물이 자랄 수 없는 곳이라고 합니다
소매를 끌며 자꾸만 밖으로 나가자고 합니다

우리는 흰 울타리를 넘어 처음 보는 숲으로 갑니다

보통의
숲이었는데

나무들이 함께 걸어가기 시작했습니다
올려다보면 아주 긴 목을 가진 사람처럼 보였습니다

흰 종이 위를 맨발로 걸어가본 적 있니
앞이 안 보이고 축축한 버섯들이 자랄 거야

거기 있어? 물으면 거기 없는

여름

우리는 아름답게 눈이 멀고

그제야 숲은 자신의 호주머니 속에서

눈부신 정원을 꺼내주었던 것입니다

색색의 꽃들 아름다워 손대면

검게 굳어버리는 곳

아이는 온데간데없이 사라지고

멀찌감치 익숙한 뒷모습이 보였습니다

아니 거기서 무얼 하고 계세요 왜 그런

굴러떨어질 것 같은 얼굴을 하고 계세요

무심코 둘러보았는데

모두들

자신을 꼭 닮은 돌 하나를

말없이 닦고 있었습니다

굴러떨어질 것 같은 얼굴을 하고

그날은 꿈에서 아빠를 보았다. 꿈을 잘 꾸지 않기도 하고, 꿈을 꾸어도 금방 잊어버리는 나로서는 너무나 선명한 꿈이어서 공포를 느낄 정도였다. 한참을 멍하니 앉아 있었다. 꿈속의 아빠는 분명한 아빠였지만 당신 얼굴과 똑같은 돌을 닦고 있었고 "아빠, 나야. 나 희연이야, 내 말 안 들려?" 소리쳐도 듣지 못했다. 모두가 그런 돌들을 닦고 있었다. 살아 있는 사람은 나뿐이어서, 이렇게 가까이에 있는데 나를 알아보지 못한다는 사실이 기가 차고 서러워서, 가슴을 쳐보았지만 소용없었다.

지금껏 나는 죽은 사람은 죽어 없어진 것이 아니라 지금 여기와는 다른 시공간에서 살아가고 있는 것이라고 믿어왔다. 어느 날 문득 나를 찾아온 어린 나와 함께 신비로운 숲길을 걸어가면, 얼마든 그곳에 도착할 수 있으리라 생각했다. 그러나 내가 아니라 그쪽에서 모든 기억을 지운 것이라면, 그래서 얼굴을 마주하고도 나를 알아보지 못한다면 방법이 없었다.

　　나는 잔뜩 화가 난 채로 '죽은 사람은 죽은 사람'이라고 적어보았다. 한번 다친 마음은 좀처럼 회복되지 않았다.

파주

박준

살아 있을 때 피를 빼지 않은 민어의 살은 붉다 살아생전 마음대로 죽지도 못한 아버지가 혼자 살던 파주 집, 어느 겨울날 연락도 없이 그 집을 찾아가면 얼굴이 붉은 아버지가 목울대를 씰룩여가며 막걸리를 마시고 있었다

어느 겨울날 연락도 없이
그 집을 찾아가면

    아빠가 보고 싶으면 어디로 가야 할까. 나는 어느 겨울 날 연락도 없이 찾아갈 집이 없다. 아니지, 무덤도 집인데 아빠가 잠든 곳으로 가면 아빠를 볼 수 있나. 아니지, 아니지. 아빠를 만나려면 두 눈을 감아야 하고, 발만으로는 갈 수 없는 골목을 지나야 하고, 썰매를 타고 희디흰 기억의 설원을 한참 동안 달려야 하지. 흘러간 세월만큼, 추위와 슬픔에 공격당하며 충분히 멀리 온 것 같은데, 그러고도 길은 선명하게 나타나지 않아서 다시 몇번의 계절을 하염없이 흘려보내야 하지. 미운 사람, 어떻게 그렇게 야속하게 떠나갔어, 우리더러 어떻게 살아가라고, 온갖 원망을 쏟아내다가도, 왜 살아생전 못해준 것들만 생각나는지, 마지막으로 먹인 밥이 김치 넣고 대충 싼 김밥이었다고, 숨 쉬는 순간마다, 목에 걸린 생선 가시처럼 따끔거리고 아픈 사람. 그래도 아빠에게 가는 길이 언제나 먼 것만은 아니어서, 타기만 하면 멀미를 하던 아빠의 엘란트라 자동

차, 아빠가 피우던 라일락 담배를 떠올릴 때, 해마다 5월이면 아빠가 좋아하던 아카시아 향기를 따라 밤길을 걸을 때, 엄마에게 불쑥 전화를 걸어 "엄마, 아빠 십팔번이 뭐였지? 「울고 넘는 박달재」였나?" 물으면, "아니야, 아빠 십팔번은 「사랑은 얄미운 나비인가봐」랑 조용필의 「허공」이지!" 대답하는 엄마와, "아니거든! 제대로 기억도 못하냐! 아빠 십팔번은 「삼포로 가는 길」이거든?" 대꾸하는 언니 목소리가 수화기 밖으로 환하게 들려올 때, 이렇게 우리의 기억을 모으고 모으면 한 사람이 완성되겠구나, 포근해지기도 하는, 그러니 언제든 눈을 감고 아빠를 불러, 아빠 나 왔어, 아빠가 보고 싶어서 찾아왔어, 연락도 없이 찾아갈 집이, 내게도 완전히 없는 것은 아니라는 생각.

아들에게

이성복

    아들아 시(詩)를 쓰면서 나는 사랑을 배웠다 폭력이 없
는 나라,

    그곳에 조금씩 다가갔다 폭력이 없는 나라, 머리카락에

    머리카락 눕듯 사람들 어울리는 곳, 아들아 네 마음속
이었다

    아들아 시(詩)를 쓰면서 나는 지둔(遲鈍)의 감칠맛을 알
게 되었다

    지겹고 지겨운 일이다 가슴이 콩콩 뛰어도 쥐새끼 한
마리

    나타나지 않는다 지겹고 지겹고 무덥다 그러나 늦게 오
는 사람이

    안 온다는 보장은 없다 늦게 오는 사람이 드디어 오면

    나는 그와 함께 네 마음속에 입장(入場)할 것이다 발가
락마다

    싹이 돋을 것이다 손가락마다 이파리 돋을 것이다 다

알리아 구근(球根) 같은

내 아들아 네가 내 말을 믿으면 다알리아 꽃이 될 것이
다

틀림없이 된다 믿음으로 세운 천국(天國)을 믿음으로 부
술 수도 있다

믿음으로 안 되는 일은 없다 아들아 시(詩)를 쓰면서 나
는

내 나이 또래의 작부들과 작부들의 물수건과 속쓰림을
만끽하였다

시(詩)로 쓰고 쓰고 쓰고서도 남는 작부들, 물수건, 속
쓰림……

사랑은 응시하는 것이다 빈말이라도 따뜻이 말해주는
것이다 아들아

빈말이 따뜻한 시대(時代)가 왔으니 만끽하여라 한 시대
(時代)의 어리석음과

또 한 시대(時代)의 송구스러움을 마셔라 마음껏 마시
고 나서 토하지 마라

아들아 시(詩)를 쓰면서 나는 고향(故鄕)을 버렸다 꿈엔
들 네 고향(故鄕)을 묻지 마라

생각지도 마라 지금은 고향(故鄕) 대신 물이 흐르고 고

향(故鄕) 대신 재가 뿌려진다

우리는 누구나 성기(性器) 끝에서 왔고 칼 끝을 향해 간다

성기(性器)로 칼을 찌를 수는 없다 찌르기 전에 한 번 더 깊이 찔려라

찔리고 나서도 피를 부르지 마라 아들아 길게 찔리고 피 안 흘리는 순간,

고요한 시(詩), 고요한 사랑을 받아라 네게 준다 받아라

고요한 시(詩), 고요한 사랑을 받아라

아빠에게.

아빠, 나야. 눈에 넣어도 안 아플, 아빠의 막내딸.

어쩌면 이 편지를 쓰려고 지금껏 그 많은 말들을 에둘러왔던 건지도 모르겠어. 이 책 어딘가에 아빠에게 쓴 편지가 선물처럼 담겨 있으면 좋겠다고 생각했는데, 막상 이곳에 도착하기까지 꽤 오랜 시간이 걸린 것 같아. 사실은 용기가 필요했어. 슬픔이 가라앉을 만큼의 시간도.

아빠에게 편지를 써본 적이 있었나 곰곰 생각해봤는데, 아마도 처음이 아닌가 싶어. 왜 그동안은 편지 쓸 생각을 못했을까. 바쁘다는 말은 핑계일 테고 실은 믿음이 부족해서였겠지. 주소를 적고 우표를 붙여 보내야만 편지인 것은 아닐 텐데.

아빠에게 주고 싶은 시를 찾으려고 책을 오래 뒤적였어. 모든 시가 훌륭했지만 다 부족하다고 생각했어. 세상에 존재하는 어떤 도형도 내 마음의 모양과 일치할 순 없을 테니까. 그래도 아빠 딸이 어느덧 이만큼 자라 시인으로 살게 되었다고, 아빠 딸도 '시를 쓰면서 사랑을 배워'가고 있다고 이야기해주고 싶었어. 아빠를 잃고 캄캄했던 시간이 있었기 때문에 세상 모든 죽음을 그냥 지나치지 못하고 그 주변을 오래도록 맴돌며 머뭇거리는 사람이 되었다고 말이야.

이런 이야기가 아빠에게 마냥 기쁘지만은 않겠지. 아빠는 내가 내내 밝은 쪽으로만 걷길 원했을 테니까. 그렇게 되고 싶어서가 아니라 그렇게밖에 될 수 없는 날들이 우리에게 있었지만, 가끔은 그런 나여서 좋기도 해. 적어도 악몽을 피하지 않고 골똘히 들여다보는 사람이 되었다는 거.

우린 잘 지내고 있어.

어제는 엄마가, 학교에서 직원들이랑 회식을 하고 술이 머리끝까지 취해서는 언니에게 수첩 한 권을 건넸대. 오늘 아빠 생각을 많이 하고 여기에 다 적었다고, 이걸 보면 엄마의 인생을 알 수 있을 거라고 했대. 다 읽고 소설로도 쓰라고 했다는데, 너무 웃기지? 한밤중에 언니에게 그 말을 전해 듣는데 갑자기 심장이 쿵쾅거리더라. 그 수첩이 판도라의 상자처럼 느껴지는 거 있지. 그걸 받아들었을 언니 마음은 얼마나 덜컹했을까. 만약 나였다면, 아무리 궁금해도 도저히 열어볼 순 없었을 거야.

그러곤 대뜸 나에게 전화를 걸어서 미안하다는 말을 하는 거 있지. 시집가서 예쁘게 잘 살아주어 고맙다면서 엄마가 엄마 노릇을 잘 못해 미안하다고 하는데 울컥 눈물이 차올랐어. 그동안은 서로 섬처럼, 혼자 삼키기만 했던 말들을 우리도 이제는 꺼내놓을 수 있게 되었구나 싶어서. 아빠가 그렇게 가고 나서 엄마가 사 입은 무스탕 생각도 나더라. 엄마가 아빠 보험금으로 사 입은 엄청 비싼 무스탕이 있었거든. 그 옷을 사면서 엄마는 얼마나 악에 받치고 서러웠을까. 그 어떤 고가의 옷으로도 채워지지 않았을 마음을 생각하면 지금도 눈물이 핑 돌곤 해.

그래도 예전만큼 많이 울지는 않아.

이십년은 꽤 긴 시간이잖아. 어느덧 나도 아빠가 세상을 떠난 나이에 가까워가고 있으니, 조만간 그 나이를 추월하게 되는 날도 오겠지. 그럼 정말 기분이 이상할 것 같아.

참, 그 수첩 말인데, 다음 날 아침에 언니에게 문자가 왔어. 엄마가 준 수첩을 열어봤는데 아빠 얘긴 하나도 없었다는 거야. 수첩에 적힌 건 동창회 참석 명단이랑 학교 워크숍 때 할 말이 전부였대. 언니랑 나랑 너무 허탈하고 웃겨서 한동안 깔깔대며 웃었어. "정말 시인 엄마답다, 그렇지?" 하면서. 그런데 또 한편으론 궁금해지더라. 그 많은 말들은 모두 어디로 갔을까. 그 그리운 마음들, 아빠는 다 듣고 있었을까?

이따금 생각해보곤 해.

아빠가 살아 있었더라면 지금쯤 난 어떤 삶을 살고 있었을까, 하고. 아마도 시 같은 건 쓰지 않았을지도 모르겠어. 하지만 이유야 어떻든 아빠는 여기 없고 그로 인해 내가 시를 만났다는 사실은 변하지 않겠지. 그러니 앞으로도 오래도록 쓰는 사람으로 살고 싶어. 내게 시는 '데려다주는 것'이고, 시를 쓰면 언제든 아빠에게 갈 수 있으니까.

약속해, 아빠. "찌르기 전에 한번 더 깊이" 찔리며 "고요한 시, 고요한 사랑"을 건네며 살게. 그러니 내가 시로 가는 동안, 아빠도 이쪽으로 계속 걸어와야 해. 언제라도 묵묵히 갈게. 꼭 그리로 갈게.

아버지와 나와 지렁이

김수영(金秀映)

저녁 무렵 아버지와 나는 우물 곁 컴컴한 무화과 그늘에서 지렁이를 잡는다. 굵은 지렁이는 어머니가 키우는 닭한테, 실지렁이는 아버지 미끼통 속으로 들어간다. 이제 아버지는 며칠씩 바다에 가실 것이고, 그동안 나는 빈방에 누워 아버지는 어디쯤 있을까 생각할 것이다.

지렁이는 검은 이끼 아래 숨어 산다. 그늘진 우리집 어디서나 나온다. 지렁이는 아버지 손안에서 끊임없이 꿈틀대면서 그림자를 만든다. 눈이 먼 지렁이는 땅속에서 제 그림자를 먹고 사나. 그 축축한 몸이 검은 이끼로 가득 찬 긴 그림자 같다.

아버지가 밤새 낚시짐을 싸는 소리, 엄마가 숨죽여 우는 소리, 할머니가 염불을 외는 소리 사이에 내 귀를 때리는 쏴쏴 어둠이 내는 소리. 점점 낮아진 천장이 내 눈 가득 검은 점으로 보일 때면 온몸이 축축해진 나는, 지렁이

처럼 땅을 파고 들어가 깨지 않을 긴 꿈을 얼마나 꾸고 싶

었는지 모른다.

깨지 않을 긴 꿈을
얼마나 꾸고 싶었는지

아버지와 함께 쪼그려 앉아 지렁이 잡는 소녀를 생각한다. 아버지와 검은 이끼 주위를 파헤쳐 꿈틀거리는 지렁이를 쏙쏙 골라내고 있을 소녀는 얼마나 행복할까. 흙속에서 꿈틀거리는 것, 여기도 있고 저기도 있는 것, 소리치고 환호하는 것, 둥근 달처럼 완전하고도 환한 시간…… 그러나 그 시간은 둥근 달처럼 완전하고 환했기 때문에 반드시 기울어지는 운명을 지녔다. 아버지는 낚시짐을 싸 기약 없이 집을 나설 것이고 매일 밤 소녀는 숨죽여 우는 엄마와 염불을 외는 할머니 사이에서 축축하게 잠들 것이다.

누구에게나 그런 계절은 돌아온다. 기억나지 않을 만큼 짧았지만 둥근 달처럼 완전하고도 환한 시간이 내게도 있었다. 네다섯살 무렵이었을 것이다. 아빠는 틈날 때마다 나를 손바닥 위에 올려 세우길 좋아했다. 아빠가 발판처럼 바닥에 손을 내밀면 나는 그 위로 성큼 올라섰다. 이윽고 아빠는 내 작은 두 발을 꼭 감싸쥔 채 어깨 높이로 손을 들어올렸고 나는 서커스 단원처럼 차렷 자세를 하고 균형을 잡았다. 아빠의 팔근육도 불끈 솟아올랐다. 위태로운 자세였지만 떨어지면 어쩌나 두려운 마음 같은 건 없었다. 아빠의 악력은 강했고 그것은 곧 우리 사이의 절대적인 믿음이기도 했으니까.

아버지와 함께 지렁이를 잡는 소녀의 둥근 저녁처럼, 내게도 아빠 손 위에서 중심을 잡던 날들이 있어 다행이다. 여전히 나는 빈방에 누워 아버지는 어디쯤 있을까 생각하고 천장은 매일같이 낮아지지만 그래도 그 시간들로 인해 나는 아빠를 '나를 번쩍 들어 올려주던 사람'으로 기억할 수 있게 되었다. 세상이 나를 위태로운 줄 위로 데려다놓을 때마다 나는 그때 그 시간, 내 작은 두 발에 전해지던 아빠의 악력을 떠올려본다. 나는 지금 아빠의 손바닥, 절대적인 믿음 위에 놓여 있으니 하나도 두려울 것이 없다고 말이다. 깨지 않을 긴 꿈을 꾸고 싶어질 때마다, 없다고 해서 완전히 없는 것은 아니라는 말을 되뇌어본다. 그건 짐작이나 소망이 아니라 엄연한 사실, 사실이기 때문이다.

산다

다니카와 순타로

살아 있다는 것

지금 살아 있다는 것

그것은 목이 마르다는 것

나뭇잎 새의 햇살이 눈부시다는 것

문득 어떤 멜로디를 떠올려보는 것

재채기하는 것

당신의 손을 잡는 것

살아 있다는 것

지금 살아 있다는 것

그것은 미니스커트

그것은 플라네타륨

그것은 요한 슈트라우스

그것은 피카소

그것은 알프스

아름다운 모든 것을 만난다는 것

그리고

감춰진 악을 주의 깊게 막아내는 것

살아 있다는 것

지금 살아 있다는 것

울 수 있다는 것

웃을 수 있다는 것

화낼 수 있다는 것

자유로울 수 있는 것

살아 있다는 것

지금 살아 있다는 것

지금 멀리서 개가 짖는다는 것

지금 지구가 돌고 있다는 것

지금 어디선가 태아의 첫울음이 울린다는 것

지금 어디선가 병사가 다친다는 것

지금 그네가 흔들리고 있다는 것

지금 이 순간이 흘러가는 것

살아 있다는 것

지금 살아 있다는 것

새가 날갯짓한다는 것

바다가 일렁인다는 것

달팽이가 기어간다는 것

사람을 사랑한다는 것

당신의 손의 온기

생명이라는 것

살아 있다는 것

살아 있다는 게 뭘까 생각하다 보니 윤성희 작가의 단편 「이틀」이 떠오른다. 소설의 주인공은 감기에 걸려 회사를 결근하게 된 중년 남성으로, 그는 지금껏 의무감으로 직조된 세계에서 살아왔다. 자신이 없어도 회사가 잘 돌아간다는 사실을 잊고 지냈던 것이다. 그런 그가 이틀이라는 시간 동안 잠시 괄호 안에 담긴다. '늘 그래왔던 삶'에서 벗어난 그는 느지막이 일어나 동네를 어슬렁거리다 커다란 목련나무를 발견한다. 예전에도 거기 있던 나무를 이제야 들여다보게 된 것이다.

소설 속 그도 누군가의 남편이자 아버지였다. 그런 그의 심심하다 못해 고요한 이틀간의 산책을 훔쳐보는 내내, 지금껏 내가 세상 모든 아버지들을 단단히 오해해왔다는 것을 깨달았다. 별 이유 없이 회사를 땡땡이치는 아버지, 집 앞의 목련나무를 발견하고 이게 언제부터 여기 있었더라 중얼거리는 아버지, 나뭇잎 사이로 내리쬐는 햇살을 보면서 "문득 어떤 멜로디를 떠올려보는" 아버지, 놀이 터 그네를 타고 흔들리는 아버지…… 그런 아버지를 나는 왜 상상조차 하지 않았을까.

당신에게 아버지란 어떤 이미지냐고 어느 밤 남편에게 불쑥 물었다. "진흙 반죽 있지? 물에 흠뻑 젖었다가 마르 기 시작하면서 쩍쩍 갈라지는." 의외의 대답이었다. 어쩌면 한 가정의 가장이 되었다는 것이, 누군가의 남편이자 아버 지로 살아가야 한다는 것이 부담으로 작용하고 있는 것은 아닐까 싶기도 했다. 아침이면 반쯤 눈을 감은 채 회사에 가고 저녁이면 퀭한 눈으로 들어오는 남편에게 나는 무엇 을 해줄 수 있을까. 당신은 살아 있는 사람이라고, 이 시를 초대장 삼아, 이틀간의 휴가를 주는 것은 어떨까. 아무것 도 하지 않을 자유를, 무료하고도 나른한 이틀을.

기억과 공존하기엔 힘겨운 삶

비스와바 쉼보르스카

내 기억에게 나는 쓸모없는 청중이다.

기억은 내게 끊임없이 자신의 목소리에 귀 기울이길
바라지만,

나는 잠시도 가만있질 못하고, 헛기침을 하고,

듣다가 안 듣다가,

밖으로 나갔다가, 돌아왔다가, 다시 밖으로 나간다.

그는 내 모든 시간과 관심을 독점하길 원한다.

내가 잠들어 있을 땐, 별 문제가 없다.

하지만 일과 중에는 변수가 생기게 마련, 그래서 속상
해한다.

오래된 편지와 사진들을 내 앞에 안타까이 내밀면서

중요한, 혹은 그렇지 않은 일련의 사건들을 상기시킨다,

내 고인(故人)들로 우글거리는,

내가 미처 못 보고 지나친 광경들에 시선을 돌리게 만

든다.

기억의 이야기 속에서 나는 늘 현재보다 젊다.

기쁘긴 하지만, 왜 항상 그 타령이 그 타령인지.

모든 거울들은 내게 매번 다른 소식을 전해주는데.

내가 어깨를 으쓱거리면 화를 내면서

불쑥 끄집어낸다, 내가 저지른 모든 해묵은 실수들,

심각하지만, 훗날 가볍게 잊혀버린 실수들을.

내 눈을 빤히 쳐다보면서, 내 반응을 주시한다.

하지만 결국엔 이보다 더 나빴을 수도 있다며, 나를 위

로한다.

내가 오로지 기억을 위해, 기억만 품고서 살기를 바란다.

어둡고, 밀폐된 공간이라면 더욱 이상적이다,

하지만 내 계획 속에는 여전히 오늘의 태양이,

이 순간의 구름들이, 현재의 길들이 자리 잡고 있다.

때로는 기억이 들러붙어 있는 것에 진저리가 난다.

나는 결별을 제안한다. 지금부터 영원히.

그러면 기억은 애처롭다는 듯 미소를 짓는다,

그건 바로 나의 마지막을 뜻한다는 걸 알고 있기에.

나는 결별을 제안한다
기억은 애처롭다는 듯 미소를 짓는다

기억이라는 단어는 이상하다. 너무 많아 버거운 것이기도, 때로는 텅 빈 것이기도 하니까. 기억은 호리병처럼 생겼을까, 핀셋으로 집어야 하는 작은 칩처럼 인간의 몸속 어딘가에 심어진 부품일까. 기억의 모양은 알 수 없지만 그것이 시간과 밀접한 연관이 있고 인간의 의지로 결별을 제안할 수 없는 것임은 분명해 보인다.

우리가 죽은 이들을 만날 수 있는 장소도 기억밖에는 없다. 나 역시 아빠를 만나기 위해서 축축하고 어두운 기억의 밤길을 걸어야 했다. 그런데 기억 속으로 걸어 들어가면 갈수록 아빠는 더 멀리 달아나는 것 같았다. 내가 기억하는 아빠는 흐릿하기만 했고 때론 사실과도 어긋났으며 쓰고 또 써도 좀처럼 충분해지지가 않았다. 그래서 우리 모두의 기억이 필요하겠구나 생각했다. 죽은 자를 기억하는 한 사람 한 사람의 기억이 퍼즐처럼 맞춰졌을 때 비로소 그가 우리 곁에 '나타나게' 되는 것이라고 말이다.

그러니 앞으로도 계속해서 몸 밖으로 아빠를 꺼내야겠다. 캄캄한 기억 속에 고여 있는 아빠를 환한 곳으로 건져 올려야겠다. 아빠를 복원해내는 길은 그 길뿐이리라. 무서움이자 애처로움이기도 한, 기억의 힘으로.

산속에서 버터플라이 수영하는 아버지

함민복

아버지 무덤가에 향나무 한 그루 있네

아버지가 죽기 전에 꺾꽂이해놓은 향나무

봄 햇살에 심어놓고 고향을 떠났네

이젠 나보다 키가 훨씬 큰 향나무

자주 고향에 들르지 않는 나보다 효자네

향나무 기르기는 아버지의 주특기

경로당에도 초등학교에도 면사무소에도

우리 밭둑에서 캐어간 향나무가 자라고 있었네

그러나 지금 그 향나무들 없네

그냥 그 나무들 자라던 자리만

내 마음속에 단정히 서 있을 뿐

산속에서 머리를 땅에 박고 양팔 벌려

버터플라이 수영 포즈를 취한 아버지 산소에서

향나무 열매를 하나 따보았네

향나무 열매에서 향나무 향기가 나네

향나무 열매 속에 향나무의 내세(來世)가,

향나무에 대한 기억이 가득 차 있네

산에서 흙 속을 수영하며

아버지 어디로 나아가는 걸까 배영으로

누워서도 힘찬 버터플라이 자세를 보여주시며

너도 소멸(消滅)로 수영해 나아가려면

아버지가 되어보라고

향나무 열매 많이 매달아놓으셨네

아버지 죽어서도 나를 키우시네

아버지 죽어서도 나를 키우시네

아빠 산소에 내 나무, 언니 나무를 심을 때 궁금했다. 사람들은 왜 무덤가에 나무를 심는 것인지. 그것도 큰 나무가 아니라 묘목을, 작고 어린 생명을 저 엄중한 죽음 앞에 심어두려는 이유는 무엇인지.

수호신의 역할을 하라는 것일까. 죽음은 너무 비통하니까 묘목이라는 삶과 동행시키려던 것일까. 어쨌거나 우리는 '기념식수'를 심었다. 죽음도 마음먹기에 따라선 기념할 만한 일이 아니겠느냐는 생각을 하면서.

자라면서 나는 그 나무의 존재를 종종 잊었다. 사는 게 바빠서, 할 일은 언제나 차고 넘치니까, 날이 궂어서, 교통편이 애매해서 아빠를 보러 가는 길은 번번이 미뤄졌다. 그밖에도 이유야 많았다. 어떨 땐 삼년 만에, 어떨 땐 사년 만에 아빠를 마주하고 서서, 고개를 푹 숙인 채 미안하다는 말만 간신히 건네기 일쑤였다. 그러다 보니 언제부턴가 그 나무가 있어서 다행이라는 생각을 하게 됐다. 몸은 떠나와도 거기 마음을 두고 올 수 있으니까. 바람이 불면 바람에 흔들리고, 눈이 오면 눈에 덮이고, 이따금 산짐승들이 내려와 비를 피하기도 하고, 심심할 때마다 꽃과 새들을 불러들여 한바탕 수다를 떨곤 하는 그 나무 안에 내 마음이 담겨 있으니까.

이제 아빠를 떠올리면 곧바로 그 나무를 떠올리게 된다. 아니, 그 나무는 내 안에 생생하게 살아 있다. 그 나무는 아빠의 피와 살을 받아먹고 자라는 나무이고, 세상 모든 나무가 아니라 '단 하나의 나무'이기 때문이다. 당신에게는 그런 나무가 있는가. 아버지는 죽어서도, 아니, 죽음으로 나를 기르셨음을 이제는 안다. 그러므로 아빠의 죽음은 부끄러움이 아니라 나의 자랑, 자랑이다.

나의 아름다운 세탁소

진은영

맑은 술 한 병 사다 넣어주고
새장 속 까마귀처럼 울어대는 욕설을 피해 달아나면
혼자 두고 나간다고 이층 난간까지 기어와 몸 기대며
악을 쓰던 할머니에게

동네 친구, 그애의 손을 잡고 골목을 뛰어 달아날 때
바람 부는 날 골목 가득 옥상마다 푸른 기저귀를 내어
말리듯
휘날리던 욕설을 퍼붓던 우리 할머니에게

멀리 뛰다 절대 뒤돌아보지 않아도
"이년아, 그년이 네 샛서방이냐"
깨진 금빛 호른처럼 날카롭게 울리던

그 거리에 내가 쥔 부드러운 손
"나는 정말 이애를 사랑하는지도 몰라"

프루스트 식으로 말해서 내 안의 남자를 깨워주신 불

란서 회상문학의 거장 같은 우리 할머니에게

돈도 없고 요령도 없는 작곡가 지망생 청년과 결혼하겠

다고

내 앞에서 울 적에 엄마 아버지보다 더 악쓰며 반대했

던 나에게

"너는 이 세상 최고 속물이야, 그럴 거면서 중학교 때

『크리스마스 선물』은 왜 물려주었니?"

내가 읽다 던져둔 미국단편소설집을

너덜거리는 낱장으로 고이 간직했던 여동생에게

"나는 돼도, 너는 안돼"

하지 못한 말이 주황색 야구잠바 주머니 속에서 오래

전 잘못 넣어둔 큰 옷핀처럼 검지손가락을 찔렀지

엄밀한 공(空)의 논리에 대해 의젓하게 박사논문까지

써놓고

이제와 기억하는 건

용수스님이 예로 드신 무명 옷감에 묻은 얼룩

그 얼룩은 무슨…… 덜룩

시인 김이듬이 말한 것처럼

그거 별 모양의 얼룩일라나, 오직 그 모양과 색이 궁금하신 모든 분들께

나의 아름다운 세탁소를 보여드립니다

십년 만에 집에 데려왔더니, 넌 아직도 자취생처럼 사는구나, 하며 비웃음인지 부러움인지 모를 미소를 짓던 첫사랑 남자친구에게

이 악의 없이도 나쁜 놈아, 넌 입매가 얌전한 여자랑 신도시 아파트 살면서

하긴, 내가 너의 그 멍청함을 사랑했었다 네 입술로 불어넣어 내 방에 흐르게 했던 바슐라르의 구름 같은 꿈들

여고 졸업하고 6개월간 9급 공무원 되어 다니던 행당동 달동네 동사무소

대단지 아파트로 변해버린 그 꼬불한 미로를 다시 찾아갈 수도 없지만,

세상의 모든 신들을 부르며 혼자 죽어갔을 야윈 골목, 거미들

"그거 안 그만뒀으면 벌써 네가 몇 호봉이냐" 아직도 뱃

속에서 죽은 자식 나이 세듯

세어보시는 아버지, 얼마나 좋으냐, 시인 선생 그 짓 그만하고 돈 벌어 우리도 분당 가면, 여전히 아이처럼 조르시는 나의 아버지에게

아름다운 세탁소를 보여드립니다

잔뜩 걸린 옷들 사이로 얼굴 파묻고 들어가면 신비의 아무 표정도 안 보이는

내 옷도 아니고 당신 옷도 아닌

이 고백들 어디에 걸치고 나갈 수도 없어 이곳에만 드높이 걸려 있을, 보여드립니다

위생학의 대가인 당신들이 손을 뻗어 사랑하는

나의 이 천부적인 더러움을

반듯이 다려놓을수록 자꾸만 살에 눌어붙는 뜨거운 다리미질

낡은 외상장부엔 잃어버린 시간을 찾아서와 미국단편집과 중론(中論), 오래된 참고문헌들과

물과 꿈 따위만 적혀 있다

여보세요, 옷들이여

맡기신 분들을 찾아 얼른 가세요. 양계장 암탉들이 샛

노랗게 알을 피워대는 내 생애의 한여름에

　다들, 표백제 냄새 풍기며 말라버린 천변 근처 개나리

처럼 몰래 흰 꽃만 들고

　몸만 들고 이사 가셨다

내 생애의 한여름에

가족은 뜨겁고도 차갑고, 성기면서도 질긴 이름. 어느 가족이건 가만히 들여다보면 상한 부분이 조금씩은 있게 마련. 기타노 다케시의 말마따나 "누가 안 볼 때 쓰레기통에 갖다 버리고 싶은 존재"가 가족이라는 건 이제, 그리 특별한 비유도 아닌 것 같다. 그런데 참 이상하지. 너무 구질구질해서 갖다 버리고 싶은 마음이 굴뚝같아도, 결국 가족이고 끝내 가족이니까 마지막까지 당신 곁에 남는 게 또한 가족이라는 거.

공무원 안 그만뒀으면 벌써 네가 몇 호봉이냐고, 시인 선생 짓 그만하고 돈 벌어 분당으로 이사 가자고, 아이처럼 조르는 아버지의 얼굴이 자글자글한 주름으로 뒤덮여 있을 때. 어려선 그토록 큰 집이자 담장이던 아버지가 어느샌가 궁지에 몰린 쥐처럼 작아져 있음을 깨달을 때. 이상하지, 상처는 밟으면 죽는 지뢰인 줄로만 알았는데, 지뢰밭에서도 기어이 상을 내고 밥을 차려 먹는 것이 사랑이라는 거.

지나고 나면 모두 환한 풍경이 되어 있다는 거. 삶의 모든 불순물들이 고요히 가라앉고 나면 한없이 맑은 물만 남는다는 거. 그것이 우리 생의 한여름이자 찬란이라는 거.

● 작품 출전

강성은 「이상한 방문자」, 『구두를 신고 잠이 들었다』(창비 2009)
「여름 한때」, 『단지 조금 이상한』(문학과지성사 2013)

고재종 「땅의 아들」, 『사람의 등불』(실천문학사 1992)

김사인 「비둘기호」, 『어린 당나귀 곁에서』(창비 2015)

김수영 「아버지와 나와 지렁이」, 『오랜 밤 이야기』(창비 2000)

김언희 「당신의 얼굴」, 『보고 싶은 오빠』(창비 2017)

김중일 「물고기 그림자―아버지에 대해」, 『내가 살아갈 사람』(창비 2015)

나희덕 「그의 사진」, 「노루」, 『야생사과』(창비 2009)

마종기 「박꽃」, 『이슬의 눈』(문학과지성사 1997)

박소란 「지익」, 『심장에 가까운 말』(창비 2015)

박연준 「뱀이 된 아버지」, 『아버지는 나를 처제, 하고 불렀다』(문학동네 2012)

박 준 「파주」, 『당신의 이름을 지어다가 며칠은 먹었다』(문학동네 2012)

박형권 「아빠의 내간체―실연의 힘」, 『전당포는 항구다』(창비 2013)

백 석 「나와 나타샤와 흰 당나귀」, 『백석 시전집』(창비 1987)

신미나 「서울, 273 간선버스」, 「신부 입장」, 『싱고,라고 불렀다』(창비 2014)

신용목 「젖은 옷을 입고 다녔다」, 『바람의 백만번째 어금니』(창비 2007)

신철규 「복수에 빠진 아버지」, 『지구만큼 슬펐다고 한다』(문학동네 2017)

안미옥 「여름의 발원」, 『온』(창비 2017)

안상학 「아배 생각」, 『아배 생각』(애지 2008)

안현미 「아버지는 이발사였고, 어머니는 재봉사이자 미용사였다」,
『사랑은 어느 날 수리된다』(창비 2014)

안희연 「돌의 정원」, 『너의 슬픔이 끼어들 때』(창비 2015)

유병록 「너를 만지다」, 『목숨이 두근거릴 때마다』(창비 2014)

유홍준 「가족사진」, 『상가(喪家)에 모인 구두들』(실천문학 2004)

이근화 「블루베리」, 『내가 무엇을 쓴다 해도』(창비 2016)

이면우 「기러기」, 『아무도 울지 않는 밤은 없다』(창비 2001)

이문재 「우리 살던 옛집 지붕」, 『내 젖은 구두 벗어 해에게 보여줄 때』
(문학동네 2001/초판 민음사 1988)

이성복 「아들에게」, 『뒹구는 돌은 언제 잠 깨는가』(문학과지성사 1992)

이 안 「아버지의 손바닥」, 『치워라, 꽃!』(실천문학 2007)

이영광   「달」, 『나무는 간다』(창비 2013)

이현승   「기념일들」, 『생활이라는 생각』(창비 2015)

임승유   「저녁」, 『아이를 낳았지 나 갖고는 부족할까 봐』(문학과지성사 2015)

정호승   「아버지들」, 『외로우니까 사람이다』(열림원 1998)

진은영   「나의 아름다운 세탁소」, 『훔쳐가는 노래』(창비 2012)

최정례   「기차, 바퀴, 아버지」, 『붉은 밭』(창비 2001)

함민복   「산속에서 버터플라이 수영하는 아버지」,
             『모든 경계에는 꽃이 핀다』(창비 1996)

허수경   「별 노래」, 『슬픔만한 거름이 어디 있으랴』(실천문학사 1988)

다니카와 슌타로   「산다」, 『이십억 광년의 고독』(문학과지성사 2009)

비스와바 쉼보르스카   「기억과 공존하기엔 힘겨운 삶」,
                        『충분하다』(문학과지성사 2016)

당신은 우는 것 같다 — 그날의 아버지에게

초판 1쇄 발행 2018년 4월 30일 | 초판 2쇄 발행 2018년 7월 16일

지은이 신용목 안희연	**펴낸곳** ㈜미디어창비
펴낸이 강일우	**등록** 2009년 5월 14일
본부장 박신규	**주소** 04004 서울 마포구 월드컵로12길 7
편집 이하나 김민지	**전화** 02-6949-0966
디자인 로컬앤드	**팩시밀리** 0505-995-4000
	홈페이지 www.mediachangbi.com www.thechaek.com
ISBN 979-11-86621-91-2 03810	**전자우편** mcb@changbi.com